1

Dunkles Arztgeheimnis

Günther Tabery

Bibliografische Information der Deutschen Nationalbibliothek:

Die Deutsche Nationalbibliothek verzeichnet diese Publikation in der Deutschen Nationalbibliografie; detaillierte bibliografische Daten sind im Internet über: http://dnb.dnb.de abrufbar.

Cover: Jutta Schultz, Berlin

Herstellung und Verlag:

BoD – Books on Demand, Norderstedt

ISBN: 978-3-7534-9582-8

1

„Da vorne links ist es." Lena zeigte auf ein rotfarbenes Eckhaus, das im Jugendstil erbaut und dessen Fassade kunstvoll mit weißen Ornamenten verziert war. „Du kannst mich hier aussteigen lassen."

Douglas nickte und lenkte den Wagen in eine Parklücke. Er nahm ihre Hand und lächelte sie an. „Ich wünsche dir ganz viel Spaß heute. Lass dich nicht unterkriegen!"

Lena legte den Kopf in den Nacken. Sie seufzte unzufrieden. „Bestimmt nicht! Ich darf sowieso noch nichts alleine machen. Keine Entscheidungen treffen, keine Verantwortung tragen. Bin erstmal das Mädchen für alles. So schwer kann das ja wohl nicht sein, oder? Ich werde lächeln und mein Bestes geben." Dann drehte sie den Kopf und schaute Douglas an: „Bin gespannt, wie mein Onkel drauf ist. Es war ihm nicht wohl dabei, mich anzustellen."

„Geh am besten ganz unvoreingenommen an die Sache heran. Sei freundlich zu ihm."

„Sowieso. Ich meine, ich kann ja nichts dafür, dass es damals zum Streit kam. Ich war ja noch viel zu jung. Vielleicht erzählt mir Onkel Frank irgendwann, warum es überhaupt dazu kam? Mama weicht mir jedes Mal aus, wenn ich sie danach frage. Ich jedenfalls habe keine Lust, diesen unsinnigen Familienzwist weiter zu tragen."

„So bist du!"

„Genau. Also dann. War lieb von dir, mich hier her zu fahren." Sie grinste ihn an. „Ich fühle mich wie eine Erstklässlerin, die von ihrem Papa am ersten Schultag in die Schule gefahren wird."

„Dann mein Schöne, ab mit dir. Sie warten bestimmt schon!"

Sie gaben sich einen Kuss. Dann stieg sie aus und überquerte die Straße. Douglas schaute ihr nach. Er startete den Wagen und winkte ihr im Vorbeifahren nochmal zu. Lena schaute wenige Augenblicke später auf das Schild, das neben der Eingangstür hing: `Dr. med. F. Prothop. Allgemeinmediziner´. Sie drückte die Klingel. Wenige Augenblicke später öffnete sich die Tür. Die Arztpraxis ihres Onkels befand sich im Parterre. Sie schritt durch eine Glastür und stand vor der Rezeption. Um diese Zeit waren noch keine Patienten da. Lena blickte sich um. Alles war still und ruhig. Geordnet und steril sah es hier aus. Moderne Kunstwerke hingen an den fahlen Wänden. Es gab keine Pflanzen, nichts Warmes, nur sehr viel Glas und Metall. Emsig und routiniert bereiteten ihre beiden zukünftigen

Kolleginnen den Tag vor. Die ältere der beiden medizinischen Fachangestellten kam sogleich auf Lena zu: „Guten Morgen, Frau Kraich. Schön, dass Sie da sind. Ich bin Monika Hölscht." Die andere blickte vom Computerbildschirm auf und nickte Lena kurz zu. „Das ist Frau Lydia Ammers. Dann kommen Sie mal mit." Frau Hölscht führte sie in einen Aufenthaltsraum, der hinter der Rezeption lag. Lena konnte ihre persönlichen Sachen hier ablegen. Frau Hölscht reichte Lena einen weißen Kittel. Ausführlich und betont beschrieb sie nun Lenas Aufgaben der ersten zwei Tage, die fast ausschließlich darin bestanden, ihnen bei der Arbeit zuzusehen, um zu lernen, wie der Tagesablauf in ihrer Praxis war. Außerdem durfte Lena die Patienten aufrufen und diese in das Behandlungszimmer führen. Frau Hölscht ging voraus und zeigte Lena die Räume der Praxis. Diese waren Dr. Prothops Zimmer, ein Laborraum, in dem Blut abgenommen wurde, die Toiletten und das Wartezimmer. Als sie in der Küche angekommen waren, meinte sie: „Hier können Sie dann Ihre Pause verbringen und sich einen Kaffee kochen. Dr. Prothop wünscht seinen Kaffee schwarz, ohne Milch und Zucker, übrigens jeden Tag pünktlich um acht Uhr auf seinem Tisch." Lena nickte. Offenbar sollte sie diese Aufgabe ab heute übernehmen. Wieder an der Rezeption angekommen zeigte Frau Hölscht auf den Computer und meinte, dass sich Lena nach und nach in die Software einarbeiten solle, bevor sie selbstständig am Computer arbeiten dürfe. Es war an der Zeit, befand Frau Hölscht jammernd, dass sie endlich Unterstützung bekämen, denn die Arbeit schien kein Ende nehmen zu wollen. „Sie werden sehen, ab sieben Uhr geht es hier zu wie in einem Taubenschlag! Sie müssen dann die Ruhe bewahren und immer freundlich bleiben."

Lena nickte. Sie ließ sich für gewöhnlich nicht so leicht aus der Ruhe bringen.

„Bitte öffnen Sie den Schnapper der Tür", wies Frau Hölscht an. „Gleich werden die ersten Patienten zum Blutabnehmen kommen. Ach, und hier, schauen Sie, auf dieser Liste werden die Patienten zusätzlich in der Reihenfolge notiert, in der sie von Dr. Prothop behandelt werden. Sie sehen, heute gibt es viel zu tun. Und so wissen Sie, wer als nächstes aufgerufen werden muss. Haben Sie das verstanden?"

Lena bestätigte und wiederholte das Gesagte. Dann öffnete sie die Tür. Draußen warteten schon die Ersten. Diese waren ohne Termin zur Blutabnahme gekommen. Sie sollten einzeln eintreten und sich an der Rezeption anmelden.

So begann Lenas erster Arbeitstag. Sie lächelte freundlich, während sie die Patienten nacheinander zur Blutabnahme führte. Frau Hölscht beobachtete sie dabei.

Lenas Verhalten war einwandfrei, höflich und zuvorkommend.

Kurz vor acht Uhr öffnete sich die Tür und Dr. Prothop kam herein. Frau Hölscht eilte ihm entgegen. Sie nahm ihm den Mantel ab und erkundigte sich nach seinem Befinden. „Alles gut. Vielen Dank. Ist Lena, meine Nichte, schon da? Sie soll bitte in mein Zimmer kommen."

Frau Hölscht nickte. Dann setzte er sich an seinen Schreibtisch, blickte fragend auf und gab ihr zu verstehen, dass sie gehen solle. „Sehr wohl", sprach sie kleinlaut und schloss die Tür von außen. Kurz darauf fand sie Lena in der Küche, die gerade dabei war, Dr. Prothops Kaffee aus dem Kaffeeautomaten heraus zu lassen. Beruhigt lächelte Frau Hölscht: „Der Doktor ist da. Sie sollen in sein Zimmer kommen."

Lena nahm die Tasse und machte sich sogleich auf den Weg. Nachdem sie angeklopft hatte, öffnete sie die Tür.

„Hier, Onkel Frank, dein Kaffee." Sie stellte die Tasse auf seinem Schreibtisch ab.

„Ah, du wurdest von Monika bereits eingewiesen: Kaffee pünktlich um acht Uhr?"

Lena bestätigte. „Das ist in Ordnung, das mache ich gerne."

„Gut." Beide schauten sich an. Eine unangenehme Pause entstand. Er räusperte sich und begann: „Dann herzlich willkommen hier bei mir. Ich hoffe, dir gefällt deine Arbeit bei uns. Monika und Lydia freuen sich, dass sie durch dich Verstärkung erhalten. Sie jammern täglich, dass die Arbeit zu zweit nicht mehr zu schaffen wäre. Also kam uns deine Anfrage wegen der Stelle ziemlich gelegen."

„Onkel Frank …"

„Du musst auf das hören, was Monika dir sagt. Befolge ihre Anordnungen, dann wirst du keinen Stress haben. Lydia ist nur ihr Anhängsel und hat nichts zu melden. Monika hält alles am Laufen. Verstanden?"

Lena nickte. Dann setzte sie erneut an: „Onkel Frank, ich weiß es wirklich sehr zu schätzen, dass ich hier arbeiten darf, obwohl … obwohl wir uns ja nicht wirklich kennen. Ich bin dir sehr dankbar."

Frank lächelte gönnerhaft. „Gut, was tut man nicht alles für die Familie, nicht wahr? Dann wünsche ich dir einen schönen ersten Arbeitstag."

„Wenn du Zeit hast, dann würde ich gerne mit dir darüber sprechen, was …"

„Nicht jetzt. Ich muss mich vorbereiten. Bitte geh. Und schließ die Tür hinter dir!"

Er wandte den Blick ab, nahm seinen Kaffee und startete den Computer. Lena blieb noch einen Augenblick stehen, dann drehte sie sich um und verließ den Raum. Vor der Tür wartete bereits Frau Hölscht. Sie hatte eine Aufgabe für Lena parat.

Als der letzte Patient die Praxis verließ, schloss Lena die Tür hinter ihm zu. Sie atmete tief durch. Es war tatsächlich ein beachtliches Pensum, was sie heute geleistet hatten. Es war Anfang Januar und wetterbedingt Erkältungszeit. Außer der kurzen Mittagspause gab es keinen ruhigen Moment, in dem sie sich hätte hinsetzen können. Frau Hölscht schien es offenbar sehr zu gefallen, Lena Aufträge zu erteilen. Sie fühlte sich dadurch scheinbar noch wichtiger. Sympathisch war ihr hingegen Lydia Ammers, die leider nicht oft zu Wort kam. Sie war ruhig, verlor keine unnötigen Worte und arbeitete sehr effizient. Als Lena hinter die Rezeption trat, um die Ablagen aufzuräumen, streckte ihr Onkel den Kopf aus seinem Zimmer. Er bat Frau Hölscht, einen Moment zu ihm zu kommen. Im Vorbeigehen warf sie Lena einen bedeutenden Blick zu. Die Tür schloss sich. Frau Ammers merkte an, dass sich der Doktor jetzt nach Lena erkundigen würde. Unsicher wartete Lena eine Viertelstunde, bis Frau Hölscht mit ihrem Onkel aus dem Zimmer trat. Beide lächelten zufrieden. Er hatte bereits seinen Mantel an und verabschiedete sich mit den Worten: „Gut gemacht, Lena. Bis morgen früh." Dann verließ er die Praxis. Frau Hölscht lobte anerkennend, dass sich Lena so professionell und kompetent verhalten habe. Da sie sich so gut angestellt habe, solle sie sich als nächstes in die Software einarbeiten, die in der Praxis verwendet wurde. Lena bedankte sich höflich. Dann packte sie ihre Sachen zusammen und rief Douglas an.

Etwa eine halbe Stunde später sah Lena durchs Fenster, wie Douglas sein Auto vor der Praxis parkte. Sie verabschiedete sich von ihren Kolleginnen und lief hinaus. Er kam freudestrahlend auf sie zu und umarmte sie. „Na, meine süße Fachangestellte, wie war dein erster Tag?", säuselte er ihr ins Ohr.

„Ganz gut", gab sie zur Antwort, nachdem sie ihn geküsst hatte. „Ich habe mich wirklich gut angestellt und alles soweit richtig gemacht. Ich darf ab morgen nicht nur zuschauen, sondern richtig mitarbeiten."

„Weil du etwas ganz Besonderes bist!"

„So ist es. Und weil das so ist, habe ich jetzt nach getaner Arbeit richtig Hunger!"

„Ah, das kommt sehr gelegen, denn ich führe dich jetzt zum Essen aus. Wie wäre es mit Italienisch?

„Das klingt gut!"

„Dann komm, wir lassen das Auto stehen und gehen zu `Luigi´."

Er fasste sie am Arm und beide liefen in Richtung Fußgängerzone. Das Restaurant lag unweit von der Arztpraxis in der Innenstadt von Bruchsal. Douglas hatte im Vorfeld einen Tisch für sie reserviert. Dort angekommen, nahmen sie Platz an einem Tisch, der direkt am Fenster stand. Sie bestellten immer das Gleiche, wenn sie bei `Luigi´ waren. Er mochte Pizza `quattro formaggi´ und sie Spaghetti `aglio e olio´. Dazu orderten sie eine Flasche Rotwein. Douglas bat Lena in allen Einzelheiten von ihrem ersten Arbeitstag zu berichten. Für sie waren die Arbeiten nicht fremd gewesen. Selbst mit der Software für die Patientenverwaltung und mit dem virtuellen Kalender hatte sie während ihrer Ausbildung bereits gearbeitet. Diese waren gegenüber den früheren Karteikarten und einem Papierkalender eine unglaubliche Erleichterung. Ärzte um die sechzig würden vielleicht noch so veraltet arbeiten, aber jüngere, wie es ihr Onkel war, legten großen Wert auf modernes, digitales Arbeiten. „Für Frau Hölscht scheint es besonders schwierig zu sein, das Programm zu bedienen. Sie ist ja auch kurz vor der

Rente, schätze ich, und hat die meiste Zeit ohne digitale Technik gearbeitet. Jedenfalls fühle ich mich darin firm und werde morgen gleich als erstes beweisen, dass ich mit den Anforderungen sehr gut umgehen kann."

Das Essen wurde serviert.

„Und wie sind deine Kolleginnen?"

„Soweit ganz nett. Frau Hölscht ist diejenige, die das Sagen hat. Sie war offenbar schon dort gewesen, als die Praxis noch mein Opa führte. Als später Onkel Frank dessen Niederlassung übernahm, durfte sie bleiben. Onkel Frank legt offenbar auch großen Wert auf ihr Urteil, denn er fragte sie, wie ich mich angestellt hätte. Ich glaube, sie mag mich. Ich war ja auch sehr höflich und zuvorkommend zu ihr. Das wird ihr gefallen haben. Frau Ammers ist eher unscheinbar. Aber sehr fleißig. Sie macht, was Frau Hölscht ihr aufträgt, ohne jemals Widerworte zu äußern. Sie geht sehr liebevoll mit den Patienten um und übernahm heute das Blutabnehmen. Davor haben ja viele Menschen Angst. Sie macht das toll. Ich denke, wir werden gut miteinander auskommen."

„Und wie war dein Onkel?"

Lena zuckte mit den Schultern: „Was soll ich sagen? Ich hatte ja keinen Kontakt zu ihm, seitdem ich zehn Jahre alt war. Und viel Kontakt hatte ich heute auch nicht. Er holte mich in sein Zimmer, um mich zu begrüßen. Als ich mich dann bedanken wollte, beendetet er das Gespräch." Sie ließ den Tag Revue passieren. „Und sonst hatte ich keine Gelegenheit, mit ihm zu sprechen. Es war viel zu tun. Am Abend verließ er die Praxis mit dem lapidaren Spruch: `Gut gemacht!´. Das war's."

Douglas berührte sie am Arm. „Es wird bestimmt bald die Gelegenheit geben, mit ihm über die Vergangenheit zu sprechen. Warte ab."

„Ich hoffe es. Ich muss wissen, was damals geschah."

2

„Einen Moment bitte", sagte Lena und schaute in den Computer. „Ich kann Ihnen Donnerstag, 26.01. um 10:30 Uhr anbieten. Passt das?"

Die ältere Dame ihr gegenüber nickte und gab einen zustimmenden Laut von sich. Für sie als Rentnerin mit viel Zeit wäre jeder Termin passend gewesen. Sie bat Lena darum, ihr den Termin aufzuschreiben. Freundlich überreichte ihr Lena den Zettel. Die Dame verabschiedete sich und verließ die Praxis. Als nächstes trat eine junge Frau an die Rezeption. Sie habe einen Termin um 14 Uhr und sei schon etwas früher gekommen. Lena bat um ihr Krankenkassenkärtchen. Nachdem sie die Daten eingelesen hatte, fragte sie: „Frau Ottmann, ist die Adresse gleichgeblieben oder gab es Veränderungen?" Frau Ottmann verneinte. Die Telefonnummern hätten sich auch nicht geändert. „Dann warten Sie bitte noch einen Moment im Wartezimmer. Ich rufe Sie dann auf."

„Wie viele Patienten sind denn noch vor mir?", wollte Frau Ottmann wissen.

Lena schaute auf der Liste nach. „Es sind noch zwei."

Frau Ottmann bedankte sich und ging ins Wartezimmer.

Lena hatte Zeit, etwas zu trinken. Sie atmete tief durch und nahm einen großen Schluck Wasser. Dann öffnete sich die Tür und ein großer blonder Mann kam herein. Er trat sofort an die Rezeption und stellte sich vor: „Hallo, mein Name ist Dieter Lüster. Ich wollte fragen, ob ich den Herrn Doktor Prothop sprechen könnte."

„Hallo Herr Lüster. Haben Sie einen Termin?"

„Nein noch nicht."

Lena schaute auf. Es war unmöglich heute noch einen Termin anzunehmen, dachte sie. Wenn es ein Notfall wäre, dann vielleicht. Zunächst fragte sie: „Waren Sie schon einmal bei uns?"

Der Mann blies nachdenklich etwas Luft aus den Lippen und zuckte mit den Schultern. „Ja, schon, aber ich weiß nicht mehr genau wann. Das ist schon lange her." Er blickte sich um, ob hinter ihm jemand stand.

„Dann geben Sie mir doch bitte Ihr Krankenkassenkärtchen."

Er kramte in seiner Tasche und holte sein Portemonnaie heraus. Dann überreichte er ihr seine Karte. Lena bedankte sich und las die Karte ein. Nachdem er seine Adresse bestätigt hatte, fragte Lena nach seinem Befinden. Er zögerte und erklärte: „Ja, ich fühle mich seit einiger Zeit müde und angespannt. Das kenne ich gar nicht von mir. Ich dachte, vielleicht ist es ein Vitaminmangel oder so etwas. Ich wollte gerne eine Untersuchung machen lassen. Sie wissen schon, mit Abhören und Abtasten und so … und ein großes Blutbild, wegen der Werte."

Lena verstand sein Anliegen. Sie erklärte allerdings, dass es unmöglich war, am heutigen Tag einen Termin zu bekommen. Die Praxis sei derzeit überlaufen.

Herr Lüster nickte leicht mit dem Kopf. Er verstand zwar, was sie sagte, beharrte aber darauf, dass er unbedingt diese Untersuchung durchführen lassen wolle. „Ich kann auch gerne warten, oder später wiederkommen", schlug er vor.

Lena überlegte und sagte, er solle einen Moment warten. Dann stand sie auf und klopfte an das Laborzimmer, in dem gerade Frau Hölscht einem Patienten einen Verband anlegte. Lena fragte, ob sie einen Augenblick Zeit hätte. Dann erklärte sie ihr Herrn Lüsters Anliegen und fragte, ob es möglich sei, ihn anzurufen, wenn ein Patient kurzfristig seinen Termin absagte. Frau Hölscht nickte und kam kurzerhand mit zur Rezeption. Sie erklärte ihm, dass sie sich melden würde, sobald heute noch ein Termin frei werden würde.

Herr Lüster bedankte sich mit leiser Stimme und verließ zögerlich die Praxis. Frau Hölscht ging wieder zurück zu ihrem Verband. Lena sah, wie Frau Ammers einen Patienten aus dem Behandlungszimmer führte. So konnte sie den Nächsten auf der Liste aufrufen. „Herr Werle bitte", rief sie, während sie ihren Kopf ins Wartezimmer streckte. Herr Werle stand hustend auf und folgte ihr. Kurz bevor Lena die Tür des Behandlungszimmers schloss, sagte ihr Onkel, dass sie nach der Behandlung kurz zu ihm kommen solle. Er wolle mit ihr sprechen. Lena nickte und ließ die beiden alleine. Draußen fragte sie sich, was er wohl mit ihr besprechen wollte? Alles verlief zufriedenstellend in der Praxis. Sie schüttelte leicht den Kopf und ging schnell wieder zurück zur Rezeption, da das Telefon klingelte.

Zwanzig Minuten später stand Herr Werle an der Rezeption. Er benötigte einen neuen Termin. Lena gab ein paar Daten in den Kalender ein und sogleich spuckte dieser einen Terminvorschlag aus. Nachdem Herr Werle und Lena alles Weitere besprochen hatten, klopfte Lena an die Tür ihres Onkels.

„Herein", hörte sie seine Stimme.

Sie öffnete die Tür und trat hinein. „Du wolltest mich sprechen?"

„Ja, setz dich. Sabine, meine Frau, möchte dich gerne zu uns einladen. Du sollst auch Samuel, unseren Sohn, kennen lernen."

„Das ist sehr freundlich von euch."

„Und zwar heute Abend. Du hast doch nichts anderes vor?"

„Heute Abend?" Lena dachte an Douglas und den gemeinsam geplanten Kinobesuch. „Ich kann heute Abend nicht. Da bin ich schon verabredet."

„Sie besteht darauf. Und sie akzeptiert kein Nein. Du musst deine Verabredung absagen. Hier ist die Adresse." Er reichte ihr einen Zettel mit seiner Adresse darauf. „Wir essen pünktlich um halb acht. Monika wird dich früh genug aus der Praxis hier entlassen."

Zögerlich ließ Lena eine leise Zustimmung verlauten. „Ich werde da sein. Vielen Dank."

Dann gab er ihr zu verstehen, dass sie den nächsten Patienten hereinholen könne. Es klopfte an der Tür. Frau Hölscht schaute herein und sagte: „Es ist eine Frau Schutzleitner am Telefon. Soll ich sie durchstellen?"

Er bejahte hektisch. Frau Hölscht eilte zur Rezeption. Wenige Augenblicke später klingelte bei ihm das Telefon. Er gab Lena zu verstehen, dass sie jetzt gehen solle. Während sich Lena umdrehte, hörte sie, wie er vertraulich sprach: „Hallo Katja. Ich habe dir doch gesagt, dass du nicht in der Praxis anrufen sollst!" Dann verließ sie den Raum und schloss die Tür.

Am späteren Nachmittag trat wirklich der Fall ein, dass ein Patient seinen Termin absagte. Lena erinnerte sich an Herrn Lüster und wählte seine Nummer. Dieser bedankte sich und sagte, dass er sich gleich auf den Weg machen würde.

Eine halbe Stunde später stand er in der Praxis. Sie führte ihn ins Behandlungszimmer.

Lena war sehr zufrieden mit sich und ihrer Arbeit. Sie ermöglichte den Patienten das, was sie konnte und darüber war sie sehr froh. Das Zusammenarbeiten mit Frau Hölscht und Frau Ammers war angenehm. Alles in allem war dies ein erfüllter Tag. Sie erbat sich eine kleine Pause und rief Douglas an, um ihm vom heutigen Treffen mit Onkel Franks Familie zu erzählen. Er reagierte sehr verständnisvoll. Sie würden an einem anderen Tag ins Kino gehen. Da Lena heute mit der S-Bahn von ihrer gemeinsamen Wohnung in Helmsheim nach Bruchsal gekommen war, bot er ihr an, sie am Abend nach dem Familientreffen von Franks Haus abzuholen. Darüber freute sie sich sehr. Sie diktierte ihm seine Adresse. Anschließend legten sie auf.

Kurz vor halb acht stand sie vor einem großen Haus am Weiherberg. Sie öffnete das schwere, gusseiserne Gartentor. Der weitläufige Garten und das Haus lagen im Dunkeln. Nur der kleine Schotterweg, der zur Haustür führte, war mit drei weißen leuchtenden Glaskugeln markiert. Nachdem Lena geklingelt hatte, öffnete ihr Onkel die Tür. Er machte sofort eine lobende Bemerkung über ihre Pünktlichkeit, die er sehr schätzte. Dann bat er sie, herein zu kommen. Er nahm ihr höflich den Mantel ab, öffnete eine Tür zu einem Ankleidezimmer, worin er ihn auf einer Chaiselongue ablegte. Lena fühlte sich unsicher und fremd. Sie blickte sich um. Schon die Tapete, der Teppich und die gesamte stilvolle Einrichtung im Flur zeigten, dass hier offenbar viel Geld investiert wurde. Ihr Eindruck setzte sich im großzügig gestalteten Wohn- und Essbereich fort. In den

Ecken standen beleuchtete Glasvitrinen mit antiken Kostbarkeiten, die Lena sofort ins Auge stachen: Goldene Kelche, Teller und Vasen in den verschiedensten Ausführungen. An den Wänden hingen große Gemälde aus unterschiedlichen Epochen. Lena fragte sich ungläubig, ob diese alles Originale waren. Die übrigen Schränke waren ebenso antik. So wie die Sitzgelegenheit, welche aus dunklem Kirschbaumholz gefertigt und mit grünem Stoff überzogen war. Sie fühlte sich wie in einem Museum. Heimelig waren die Räume nicht. Lena hatte irgendwie das Gefühl, dass trotz der stilvollen und teuren Einrichtung, menschliche Wärme fehlte. Für sie, die aus einfachen Verhältnissen stammte, war dieser teure Lebensstil vollkommen fremd.

Der Tisch war für vier Personen gedeckt. Eine Tür öffnete sich und eine Frau kam herein. Sie hatte ein Puppengesicht mit einem einnehmenden Lächeln. „Schön, dass du es dir einrichten konntest, heute zu uns zu kommen", sagte sie. „Ich bin Sabine. Wir haben uns das letzte Mal gesehen, als du noch ein Kind warst. Du warst vielleicht zehn Jahre alt."

Lena konnte sich nur vage an sie erinnern. Sie lächelte, reichte ihr die Hand und sagte nichts.

„Ich bin froh, dass dir Frank helfen konnte und dich in seiner Praxis angestellt hat." Sie strich ihrem Mann, der nun neben ihr stand, über den Arm.

„Ja, das war sehr freundlich von ihm. Ich bin sehr dankbar." Lena senkte den Blick. Die Situation war irgendwie surreal. Jahrelang hatten sie sich nicht gesehen. Sie gehörten derselben Familie an, und doch standen sie sich als Fremde gegenüber.

Sabine fuhr sich mit den Händen durch ihr langes braunes Haar. „Bitte, setz dich! Ich werde gleich die Vorspeise servieren. Frank, kümmerst du dich um die Getränke? Und hole bitte Samuel aus seinem Zimmer."

Sofort verließ Frank den Raum. Lena setzte sich. Sabine verschwand wieder in der Tür, durch welche sie gekommen war. Am liebsten wäre Lena aufgestanden und weggelaufen. Sie war sich nicht sicher, ob sie überhaupt noch etwas von dem Familienstreit wissen wollte. Vielleicht wäre es besser gewesen, alles auf sich beruhen zu lassen.

Es dauerte etwa fünf Minuten, bis Frank zusammen mit seinem Sohn Samuel und einem Korb mit Getränken zurückkam. Samuel war ein untersetzter Teenager mit pickeligem Gesicht und gebeugter Haltung. Er sah Lena kurz an und setzte sich daraufhin ihr gegenüber an seinen Platz. Franks Platz war neben Lena.

„Begrüße deine Cousine", bat Frank.

Samuel sah auf und sagte schüchtern: „Hi, wie geht's dir?"

„Danke dir, gut. Ich freue mich, dich kennenzulernen."

Er blickte kurz in ihre Augen, dann wendete er seinen Blick ab, ohne auf Lenas Aussage zu reagieren. Nervös spielte er mit seinen Fingern.

Frank bot Lena eine Auswahl an Getränken an. Lena entschied sich für eine Cola. Stumm schenkte Frank ihr und Samuel ein. Sabine kam herein und servierte die Vorspeise. Es gab einen kleinen, bunten Salatteller. Dieser wurde in Stille gegessen. Sabine lächelte Lena aufmunternd an. Lena fühlte sich in dieser gezwungenen Situation fehl am Platz. Aber sie war da und musste irgendwie den Abend überstehen. Um die peinliche Stille zu überspielen, fragte sie: „Sabine, mir fällt auf, dass in den Vitrinen hier so viele alte Dinge stehen. Sind diese aus dem antiken Rom oder aus Ägypten? Ich kenne mich da nicht so gut aus. Ich habe mich gefragt, ob du beruflich etwas mit Kunst zu tun hast?"

Sabine hob geschmeichelt den Kopf. Sie erklärte, dass sie gerne aus ihren gemeinsamen Urlauben Exponate als Andenken mitbringen würde. Diese stammten aus der ganzen Welt, die sie zusammen mit Frank bereist hatte. Auf die Frage nach ihrem Beruf erklärte sie: „Als ich mit Samuel schwanger war, hörte ich auf zu arbeiten. Ich war Bibliothekarin. Aber Frank meinte, ich müsse nicht mehr arbeiten. Ich kümmere mich nun um das Haus, den Garten und habe allerlei Verpflichtungen bei

Wohltätigkeitsveranstaltungen. Samuel ist mein ganzer Stolz."

Lena blickte auf Samuel, der dasaß und sich nicht rührte. Er hatte offenbar nichts zu sagen. Er aß seinen Salat und schien nichts um sich herum wahrzunehmen.

„Erzähl uns etwas von dir, Lena", warf Frank ein. „Wie ist es dir die letzten Jahre ergangen, seit wir uns das letzte Mal gesehen haben?"

Unsicher antwortete sie: „Was soll ich sagen. Ich war auf der Realschule und habe einen guten Abschluss gemacht. Meine Mutter und Magnus haben mich dazu ermuntert, eine Ausbildung zur medizinischen Fachangestellten zu machen. Auch diese habe ich sehr gut absolviert. Nach der Prüfung habe ich mich gleich bei dir beworben."

Frank lächelte: „Ich wollte heute Abend kein Vorstellungsgespräch mit dir führen. Erzähl uns was von dir privat. Hast du einen Freund?"

Lena wurde rot. Sie bejahte und erzählte von Douglas, den sie seit zweieinhalb Jahren kannte. „Douglas und ich wollen heiraten. In einem Jahr, wenn wir genügend für die Hochzeit angespart haben."

„Und deine Mutter, mag sie ihn auch?"

„Mutter findet Douglas toll und auch Magnus hat nichts dagegen."

Frank erhob sein Glas. Er sprach einen Toast aus auf die Liebe und das junge Glück. Samuel blieb währenddessen ungerührt sitzen. Daraufhin wandte sich Lena ihm zu: „Hast du eine Freundin?"

Samuel schaute sie entsetzt an. Dann fragte er: „Mama, kann ich gehen?"

Sabine schaute zu Frank, dieser schüttelte den Kopf. Samuel blieb sitzen.

„Das war wohl keine passende Frage", erkannte Lena und senkte den Blick.

Sabine erklärte: „Samuel war einmal verliebt, aber seine Liebe wurde nicht erwidert."

„Das tut mir sehr leid."

Samuel presste seine Lippen aufeinander. Dann flüsterte er: „Mama, hör auf!"

Sabine schaute ihm für einen Moment mitleidig und traurig in die Augen. Dann erhob sie sich und räumte die Salatteller ab. Wenige Augenblicke später kam sie mit dem Hauptgericht zurück.

Die Stimmung war angespannt. Irgendetwas schien in dieser Familie nicht zu stimmen, befand Lena. So reich und schön das Haus und sie selbst waren, so arm und gefühllos schienen sie im Inneren zu sein.

„Es tut mir sehr leid, dass wir in den letzten elf Jahren keinen Kontakt hatten", warf Frank unvermittelt ein. „Du möchtest doch sicherlich darüber sprechen, nicht wahr? Wir und auch deine Mutter hatten triftige Gründe für diese Auseinandersetzung, von der du sicher nichts weißt." Er warf Sabine einen vielsagenden Blick zu.

Lena wollte seit Jahren unbedingt wissen, worum es bei diesem Familienstreit ging. Doch jetzt, als ihr Onkel Frank offen darüber sprechen wollte, war sie sich nicht mehr so sicher. „Meine Mutter schweigt zu alledem. Ich weiß praktisch nichts", sagte sie. „Ich bin mir nicht sicher, ob ich heute davon erfahren will."

Frank nahm einen Schluck Wein. Ungeachtet von Lenas Einwurf fing er an: „Dein Vater Ulf starb an Krebs, als du drei Jahre alt warst. Du wirst dich nicht an ihn erinnern können. Das war schlimm. Er war ein feiner Mensch und hatte gute Manieren. Er war gebildet und anständig. Es dauerte Jahre, bis deine Mutter darüber hinweggekommen war. Dann, etwa sechs Jahre später, lernte deine Mutter Magnus kennen, deinen Stiefvater. Sie verliebten sich ineinander und sie stellte ihn der Familie vor. Es war für uns alle in Ordnung, dass deine Mutter einen neuen Partner an ihrer Seite hatte. Wirklich, das musst du uns glauben! Wir unterstützten sie anfänglich. Sie liebte ihn und sie hatte sich all die Jahre sehr nach einem Vertrauten gesehnt. Doch leider wurde die Freude bald getrübt. Denn ich und wir alle lernten unerfreulicherweise Magnus und seine Vergangenheit näher kennen. Es stellte sich heraus, dass er bereits mehrmals Frauen gegenüber gewalttätig geworden war. Ein befreundeter Polizeibeamter meines Vaters hörte sich um. Magnus saß, als er 26 Jahre alt war, für fünf Jahre im Gefängnis. Ihm wurde in zwei Fällen schwere Körperverletzung und Misshandlung vorgeworfen. Wir konfrontierten deine Mutter mit der Tatsache, dass sie einen ehemaligen Straftäter liebte. Vater und wir alle verlangten, dass sie sich umgehend von Magnus trennen sollte. Es wäre bestimmt nur eine Frage der Zeit, bis er auch ihr gegenüber handgreiflich werden würde. Wie du weißt, tat sie es nicht, sondern sie heiratete ihn aus Trotz. Wir sahen keine andere Möglichkeit, als uns von deiner Mutter und Magnus zu distanzieren. Deine Mutter wollte es so. Sie hatte sich für ihn und gegen die Familie entschieden. Magnus passte nicht in unsere Familie. So war es und so ist es."

Lena konnte nicht glauben, was Frank ihr erzählte. Sie sah in Magnus ihren Vater, der sie aufgezogen und immer gut behandelt hatte. Sie konnte sich nicht erinnern, dass er je gewalttätig geworden wäre. Ihr und auch nicht ihrer Mutter gegenüber. Es konnte nicht stimmen! „Wie kannst du so etwas sagen", flüsterte sie.

„Ich liebe Magnus und Menschen können sich ändern. Ich bin so, wie ich bin, weil ich in einer intakten Familie aufgewachsen bin. Ich bin gut und er ist es auch!" Lenas Stimme versagte. Was musste Mutter alles durchlitten haben, dachte sie. Wie mutig musste sie gewesen sein, sich für ihre Liebe zu entscheiden und sich von ihrer Familie abzuwenden. Es war verständlich, dass ihre Mutter mit ihr niemals darüber gesprochen hatte, denn sie wollte, dass sie ihren Stiefvater liebte und achtete und ihn nicht verurteilte.

Sabine versuchte die Situation zu retten: „Das ist schon so lange her. Es ist an der Zeit, die alten Konflikte zu begraben. Deswegen freuen wir uns, dass du den Kontakt zu uns gesucht hast und wir nun hier zusammen sind."

Lena stand auf. „Ich weiß nicht. Und was ist mit Magnus? Das ist alles ein bisschen viel für mich."

„Denk darüber nach", Sabine fasste sie am Arm, „dann wirst du uns und auch deine Mutter verstehen. Niemand wollte, dass du leidest."

Lena gingen unzählige Gedanken durch den Kopf. Wut und Unverständnis empfand sie abwechselnd für ihre Mutter, aber auch gegen den Rest der Familie. Sie hatte eine schöne Zeit mit Magnus verbracht, egal, was er irgendwann einmal getan hatte. Sie verurteilte ihn nicht.

„Bitte, ich möchte jetzt gehen. Ich danke euch für das Essen … und eure offenen Worte." Sie trat in den Flur. Frank eilte ihr nach. „Bitte, sag nichts. Ich möchte einfach nur meine Gedanken ordnen."

Er holte ihren Mantel aus dem Ankleidezimmer und half ihr hinein. Nachdem Lena die Tür geschlossen hatte, ging Frank in die Bibliothek. Sabine schaute ihm nach und seufzte. Samuel stand auf und verließ wortlos den Raum.

Lena schloss das gusseiserne Tor und rief Douglas an. 20 Minuten später stieg sie in seinen Wagen. Auf seine Frage, wie der Abend verlaufen war, antwortete Lena: „Ich will jetzt nicht darüber sprechen!"

3

Douglas zog den Rollladen hoch und öffnete das Fenster. Frische, kühle Luft strömte ins Schlafzimmer. Lena, die bis jetzt geschlafen hatte, raunte etwas Unverständliches und vergrub ihren Kopf unter der Bettdecke.

„Aufstehen, es ist schon 12 Uhr", flüsterte er, während er sich neben sie auf das Bett setzte und vorsichtig ihr Gesicht aufdeckte. Lena kniff ihre Augen zusammen.

An den Wochenenden wollte sie immer ausschlafen, das wusste er. Etwas verärgert streckte sie sich und setzte sich auf. „Wie lange bist du schon wach?", fragte sie.

„Ich bin früh aufgestanden. Ich konnte nicht mehr länger schlafen und habe uns Frühstück gemacht. Komm, steh auf!"

Missmutig stand Lena auf, zog sich etwas über und ging mit Douglas in die Küche. Er reichte ihr einen heißen Kaffee. Der Tisch war reich gedeckt. Lena war für gewöhnlich ein Morgenmuffel und meist nicht sehr gesprächig. Dennoch wollte Douglas nun endlich wissen, was an jenem Abend über ihre Familie gesagt worden war, bevor er sie aufgelöst von Onkel Franks Haus abgeholt hatte. Lena räusperte sich. Sie hatte sich die Woche über bedeckt gehalten. In der Praxis versuchte sie, ihrem Onkel aus dem Weg zu gehen. Sie wollte das Gesagte sacken lassen und sich dann überlegen, welche Position sie dazu einnehmen wollte. Douglas hakte jetzt noch einmal nach. Er spürte, dass sie unsicher war und alleine damit nicht zurechtkam.

Langsam fing Lena an, von Magnus´ Vergangenheit zu berichten. Dass sich ihre Mutter Claudia dennoch oder gerade ihretwegen für ihn und gegen die Familie entschieden hatte. Für Lena bedeutete diese Entscheidung unter anderem den Verlust ihrer Großeltern, zu denen sie ein inniges Verhältnis gehabt hatte. Mittlerweile waren beide verstorben und diese behütete Zeit konnte ihr niemand mehr zurückbringen. Sie liebte Magnus und er war immer sehr bemüht und liebevoll zu ihr. Dennoch hatte es die Möglichkeit gegeben, dass er rückfällig und ihnen gegenüber gewaltsam hätte werden können. Diese Gefahr nahm ihre Mutter in Kauf. Lena war auch traurig, dass ihre Mutter niemals etwas zu ihr gesagt hatte. Auch nicht, als sie älter wurde. Lena hätte ein Recht darauf gehabt, etwas darüber zu erfahren. Sie wusste auch, dass ihre Mutter selbst unter dem Verlust der Familie litt.

Douglas schlug vor, dass Lena ihre Mutter jetzt sofort anrufen solle. Nur so konnte sie die Sache aufarbeiten. Lena zögerte, doch Douglas bestand darauf. Sie nahm einen großen Schluck Kaffee, holte dann das Telefon und wählte eine Nummer.

„Mama?", sagte sie leise. „Ich muss mit dir sprechen."

Douglas ließ Lena alleine telefonieren und setzte sich ins Wohnzimmer. Etwa eine Dreiviertelstunde später kam Lena mit tränennassen Augen zu ihm. Sie nahm seine Hand. „Mutter sagte, dass es ihr leidtut. Ihr tut es leid, dass sie kein Vertrauen in mich hatte und mir nicht zugetraut hätte, mit der Situation angemessen umzugehen. Sie wusste von Anfang an von Magnus gewalttätiger Vergangenheit. Doch sie glaubte immer daran, dass Menschen sich ändern können, wenn sie es wirklich wollen. Magnus hatte zu Beginn eine Therapie angefangen, die er jedoch nach eineinhalb Jahren abbrach. Meine Mutter hielt all das vor mir geheim. Es kam tatsächlich vor, dass Magnus sie … sie schlug. Abends, wenn er zu viel getrunken hatte. Anfangs, als wir drei noch als Familie zusammenwohnten, kam das selten vor. Er passte Momente ab, an denen ich nicht zu Hause war. Sie vertuschte es und tat so, als ob nichts gewesen wäre. Später, als ich ausgezogen war, wurde es immer häufiger. Mir gegenüber hatte er sich nicht getraut, zuzuschlagen. Sonst hätte sie sich möglicherweise von ihm getrennt. Wer weiß."

„Und du hast nie etwas davon bemerkt?"

Lena schüttelte den Kopf. „Dass er ab und zu trank, das wusste ich. Aber es hielt sich im Rahmen, dachte ich. In meiner Gegenwart wurde er auch niemals ausfallend. Er war mir immer zugetan. Mutter war um mein Wohl bemüht. Ja, es gab auch öfter Krisen, in denen es zu Hause angespannt war, das spürte ich auch. Aber ich dachte, das sei normal in einer Familie."

„Und warum hat sie zugelassen, dass er sie geschlagen hat? Warum trennte sie sich nicht von ihm?"

„Ich weiß es nicht. Es ist unfassbar. Sie sagt, sie liebt ihn. Auch jetzt noch, nachdem er sie jahrelang misshandelt hat. Das ist ein Teufelskreis, Douglas.

Vielleicht hat sie Angst vor ihm. Angst, dass er ihr noch etwas Schlimmeres antun könnte?"

Douglas schluckte. Er sah, wie Lena eine Träne die Wange hinunterlief. „Komm her. Ich bin froh, dass du da unbeschadet rausgekommen bist. Wir müssen deiner Mutter helfen. Sie kann nicht länger bei ihm bleiben."

Als Lena an diesem Montagmorgen mit der S-Bahn zur Arbeit in die Stadt fuhr, hatte sie sich vorgenommen, mit Onkel Frank zu sprechen. Er musste ihr helfen, Mutter vor Magnus zu schützen. Gemeinsam würden sie sie vielleicht überzeugen können, dass sie sich trennen musste. Ihre bisherigen positiven Gefühle für Magnus waren Wut und Fassungslosigkeit gewichen.

Lena öffnete die Praxis mit ihrem Schlüssel, den sie vorige Woche von Monika erhalten hatte. Die Beziehung zwischen ihr und ihren Kolleginnen hatte sich seit Beginn ihrer Anstellung erfreulicherweise intensiviert. Sie behandelten sich stets mit Respekt und Professionalität, tauschten sich aber auch auf eine vertraute Art und Weise über persönliche Dinge aus. Herzlich begrüßten sie sich im Aufenthaltsraum. Lydia und Monika waren gerade dabei, sich vom Wochenende zu erzählen. Monika hatte ihre beiden Kinder und ihre drei Enkelkinder aus München und Hannover zu Besuch gehabt. Es war schön, aber auch anstrengend für sie gewesen, allen gerecht zu werden. Nun waren sie wieder abgereist und Monika konnte in Ruhe das Chaos zu Hause wieder aufräumen. Lydia hatte keine Kinder. Sie hatte sich immer welche gewünscht, aber ohne Partner glaubte sie das nicht bewerkstelligen zu können. Sie wollte keine alleinerziehende Mutter sein. Auf die Frage, ob Lena sich Kinder wünschte, antwortete sie, dass sie und Douglas später einmal gerne zwei Kinder hätten. Aber das Thema hätte noch Zeit. Mit 21 Jahren fühlte sie sich noch zu jung dafür.

Lena fuhr den Computer hoch und startete das Programm. Laut Kalender hatten sie heute alle Hände voll zu tun. Sie bereitete das Behandlungszimmer für den ersten Patienten vor.

Wie immer kamen ab sieben Uhr Patienten zur Blutabnahme. Heute wollten sich auch einige impfen lassen. Diese hatten zuvor in einer Apotheke den betreffenden Impfstoff bestellt und mitgebracht. Lydia behandelte die Menschen wie immer liebevoll und mit größter Sensibilität.

Kurz vor acht bereitete Lena routiniert den Kaffee für ihren Onkel zu. Sie stellte ihn auf seinen Schreibtisch. Bevor er den ersten Patienten empfang, wollte sie unbedingt mit ihm über ihre Mutter und Magnus sprechen. Hoffentlich wies er sie nicht gleich zurück. Sie spielte nervös mit ihren Fingern und schaute aus dem Fenster. Normalerweise würde er in den nächsten fünf Minuten in die Praxis kommen. Sie wartete, jedoch war sein Auto nicht zu sehen. Monika kam beunruhigt auf Lena zu. Es sei untypisch für den Doktor, dass er sich verspäte, sagte sie. Die ersten drei Patienten mit Termin saßen bereits im Wartezimmer. Ungläubig schauten sie sich an. „Er wird sicher gleich da sein", befand Monika. „Und wenn er in den nächsten zehn Minuten nicht kommt, dann rufen wir ihn an. Vielleicht kam ihm irgendetwas Wichtiges dazwischen."

Lena übernahm den Telefondienst. Das Telefon läutete unentwegt. Die Erkältungszeit war eine Zeit, in der die Praxis stark ausgelastet war. Ständig riefen Leute an, die akute Symptome hatten und einer zeitnahen Behandlung bedurften. Nach einer Viertelstunde warten wies Monika Lena an, bei ihrem Onkel anzurufen. Sogleich wählte Lena seine Handynummer. Er nahm nicht ab. Lena legte auf und rief bei ihm zu Hause an. Auch hier nahm niemand ab. „Seltsam, seine Frau müsste doch zu Hause sein", wunderte sich Monika. „Oder sein Sohn", überlegte Lena. Dann fragte sie: „Hast du die Handynummer seiner Frau?" Monika bejahte, schaute in ihrem Adressbuch nach und gab sie ihr. Lena wählte die Nummer, doch niemand nahm ab. Sie wussten sich im Moment nicht zu helfen. Vielleicht gab es einen Notfall, überlegte Monika, und er konnte nicht abnehmen, weil er gerade jemanden behandelte? Vielleicht war etwas mit seiner Frau oder seinem Sohn passiert? Lena hielt das nicht für sehr wahrscheinlich.

Der erste Patient erkundigte sich, wann es losgehen würde. Lydia verströstete ihn auf unbestimmte Zeit. Der Doktor sei gerade noch in einem wichtigen Termin. Wann er in die Praxis kommen würde, wüssten sie derzeit nicht.

Monikas Sorge und Unruhe übertrugen sich nun auch auf Lydia und Lena. In ihrer ganzen Zeit, die sie für den Doktor arbeitete, wäre so etwas noch nie passiert, sagte sie. Was sollten sie tun, wenn der Doktor heute überhaupt nicht kommen würde? Sollten sie die Praxis eigenmächtig schließen? Sie mussten dann die Patienten an andere Arztpraxen weitervermitteln. Sie hatten eine Verantwortung zu tragen, denn ihre Patienten vertrauten ihnen.

„Ich werde zu ihm nach Hause fahren", beschloss Lena. „Ich mache mich gleich auf den Weg. Ich melde ich mich, sobald ich etwas herausgefunden habe. Ihr kümmert euch um die Patienten."

Monika und Lydia waren einverstanden. Lena zog ihren Mantel an und lief schnellen Schrittes zur nächsten Bushaltestelle. In regelmäßigen Abständen rief sie auf Onkel Franks Handy an. Es antwortete immer nur seine

Mailbox. Sie hatte Glück und musste nicht lange warten, bis der nächste Bus in Richtung Weiherberg fuhr. Es dauerte keine halbe Stunde, bis sie vor seinem Haus stand. Sie drückte die Klingel, doch es öffnete niemand. Sie blickte sich um. Sein Auto stand in der Einfahrt. Er musste zu Hause sein. „Vielleicht ist er mit Sabine unterwegs?", fragte sie sich. Sie setzte sich auf die Stufen vor die Eingangstür und überlegte. Dann wählte sie die Nummer der Praxis und gab durch, dass niemand auf ihr Klingeln reagiert hatte. Sie beschloss so lange zu warten, bis jemand nach Hause kommen würde. Irgendwann würden Sabine oder Samuel heimkommen. Die Zeit verging. Sie saß nun schon eine Stunde da, ohne, dass etwas geschah. Es gab keine Spur von ihrem Onkel. Sie stand auf und ging in den Garten. Durch die Fenster im Parterre konnte man ins Haus blicken. Vielleicht konnte sie im Inneren etwas entdecken? Durch das erste Fenster sah sie die Küche. Diese sah ungewöhnlich unaufgeräumt aus. Überall stand dreckiges Geschirr auf den Arbeitsplatten. Das passte nicht zu dem sauberen und aufgeräumten Eindruck, den sie von Sabine und Frank hatte. Vielleicht hatte sie sich in Sabine getäuscht? Oder es war ihr nicht möglich gewesen abzuwaschen und die Küche in Ordnung zu bringen. Weshalb nicht, das konnte sich Lena vorerst nicht erklären. Sie ging zum nächsten Fenster. Dahinter war das Wohn- und Esszimmer. Der große Wohnbereich sah aus wie an dem Abend, als sie zu Besuch gewesen war. Da entdeckte sie irgendetwas auf dem Boden, was sie stutzig werden ließ. Sie konnte von hier aus aber nicht sehen, was es genau war. Sie ging um die Ecke, um von dort aus einen besseren Blick zu bekommen. Als sie durch die Scheibe sah, erstarrte sie.

4

Auf dem Boden unterhalb eines antiken Beistelltischchens lag ihr Onkel Frank auf dem Rücken. Er war bleich und seine Augen waren weit geöffnet. Sein Hemd war blutgetränkt. „Oh, mein Gott", stieß Lena aus. Geschockt sackte sie zusammen und kauerte sich an die Wand. Sie atmete flach. Ihr Herz raste. Unzählige Gedanken gingen ihr durch den Kopf. Ihr Onkel war tot! Sie musste in der Praxis anrufen und Bescheid geben. War es ein Unfall gewesen? Sie erhob sich langsam und blickte nochmals durch das Fenster. Sie starrte auf den Leichnam. Er hatte offenbar viel Blut verloren. Nirgends sah sie jedoch etwas Passendes, woran er sich gestoßen haben könnte. Auch lag nichts Spitzes in seiner unmittelbaren Umgebung. Zumindest konnte sie vom Fenster aus nichts Derartiges erkennen. Lena schluckte. Wie erstarrt stand sie einige Minuten da. Es fiel ihr schwer, ihre Gedanken zu sortieren. Was sollte sie als nächstes tun?

„Ich muss einen Notruf absetzen", flüsterte sie. Dann nahm sie ihr Handy und wählte die Nummer. Eine männliche Stimme am anderen Ende fragte: „Notrufzentrale, wie kann ich Ihnen helfen?"

Lena berichtete zitternd, dass sie gerade eben die Leiche ihres Onkels entdeckt hatte. In allen Einzelheiten sollte sie erklären, wo, wie und warum sie den Toten gefunden hatte. Dann bat der Mann, dass Lena unbedingt vor dem Haus warten solle. Er würde sofort jemanden schicken. Lena versprach, sich nicht von der Stelle zu rühren. Danach legte sie auf.

Lena entschied, sich wieder auf die Stufen vor der Haustür zu setzen. Sie versuchte Sabine auf dem Handy zu erreichen, doch wieder nahm niemand ab. Ihr war flau im Magen. Ihre Gedanken kreisten immer wieder um die Frage, wie das geschehen sein konnte. Es musste ein schrecklicher Unfall gewesen sein. Sie wusste keine Antwort.

Wenige Minuten später fuhren ein Krankenwagen und mehrere Polizeiwagen mit Blaulicht vor. Allen voran kamen ein untersetzter Mann und eine junge Frau auf Lena zu, die immer noch auf den Stufen saß. Der Arzt stieg aus und stieß zu ihnen.

„Frau Kraich?", fragte der Mann. Lena nickte und stand auf. Anschließend stellten sich die beiden vor. „Das ist meine Kollegin, Frau Kommissarin Fürmler. Ich bin Hauptkommissar Verholsten. Sie sagen, Sie haben eine Leiche entdeckt, als sie durch ein Fenster gesehen haben?"

Wieder nickte Lena.

„Zeigen Sie uns bitte das betreffende Fenster."

Lena wunderte sich über die Anwesenheit der Polizei. Sie ging jedoch bereitwillig mit den beiden Kommissaren und dem Arzt ums Haus. „Es muss ein Unfall gewesen sein", mutmaßte sie. Auf der Rückseite deutete sie auf ein Fenster. Die drei blickten durch die Glasscheibe. Danach schauten sie sich an. Der Hauptkommissar gab seiner Kollegin und dem Arzt ein Zeichen. Diese verließen die Gruppe. „Wissen Sie, ob noch jemand in dem Haus wohnt?", fragte er.

Lena beschrieb die Familienverhältnisse ihres Onkels. Anschließend sagte sie: „Doch seine Frau und sein Sohn sind nicht da und sie nimmt auch nicht ihr Handy ab."

„Verstehe. Bitte kommen Sie mit." Er lief zur Eingangstür des Hauses voraus, die in der Zwischenzeit von seinen Kollegen aufgebrochen worden war. Die Kollegen der Spurensicherung sowie der Arzt waren schon hineingegangen. „Wir müssen Ihre Personalien aufnehmen und Ihre Aussage über den Fund der Leiche protokollieren", erklärte er im Gehen. „Dann muss ich alles über Ihren Onkel erfahren, was sie wissen: Über seine Familie, Freunde und seine Kollegen. Bitte geben Sie uns auch die Adresse der Arztpraxis. Sie muss umgehend geschlossen werden." Lena folgte unsicher Frau Kommissarin Fürmler. Diese bat Lena, sich an den Esstisch zu setzen. Dort wollte sie alles aufschreiben, was Lena berichtete. Nachdem Lena ausführlich über die letzten Tage, über Onkel Franks Umfeld erzählt und alle formalen Angaben gemacht hatte, sollte sie auf den Hauptkommissar warten. Schaudernd schaute sie zu der Stelle hinüber, wo Ihr Onkel lag. Der Arzt beugte sich über ihn. Die anderen Polizisten suchten nach Spuren und fotografierten den Tatort.

Lena erschrak, als sie hörte, wie der Arzt etwas von einer Schusswunde seitlich des Herzens sprach. Der Tod wäre vor etwa 15 Stunden eingetreten. Hauptkommissar Verholsten wiederholte nachdenklich das Gesagte und setzte den Todeszeitpunkt auf den Vorabend gegen 19 Uhr fest. Anzeichen eines Kampfes konnte man nicht erkennen, erklärten die Kollegen der Spurensicherung.

„Haben Sie die Mordwaffe gefunden?", fragte Hauptkommissar Verholsten.

Seine Kollegen verneinten.

Lena schluckte. Ihr Onkel war ermordet worden? Es war kein Unfall gewesen, so wie sie angenommen hatte. Doch wer sollte ihrem Onkel das angetan haben?

Der Hauptkommissar nickte. Dann kam er zu Lena, setzte sich an den Esstisch und nahm das Protokoll zur Hand. Nachdem er es überflogen hatte, fragte er: „Sie sind also seine Nichte und arbeiten in seiner Praxis. Beschreiben Sie mir, wie Ihr Verhältnis zu ihm war."

Lena berichtete wahrheitsgemäß, dass sie ihn über zehn Jahre lang nicht gesehen hatte. Sie suchte erst nach ihrer abgeschlossenen Berufsausbildung den Kontakt, weil sie dadurch zu der Stelle kam. Seitdem sie bei ihm arbeitete war ihr Verhältnis professionell und distanziert.

„Wieso hatten Sie all die Jahre keinen Kontakt zu ihm?"

„Es gab einen Familienstreit. Onkel Frank und dem Rest der Familie gefiel die Partnerwahl meiner Mutter nicht. Sie müssen wissen, mein Vater ist gestorben, als ich noch ganz jung war. Sie dachten, der neue Partner würde keinen guten Einfluss auf Mutter und mich haben."

„Wieso?"

Lena neigte den Kopf. Über ihren Stiefvater und dessen Vergangenheit wollte sie dem Hauptkommissar nichts verraten. Sie zögerte etwas und sagte dann: „Sie mochten ihn nicht. Weil er anders war und nicht so wohlhabend wie sie. Vielleicht dachten sie, er interessiere sich nur für das Familienvermögen."

„Gab es ein Familienvermögen?"

„Mein Opa war auch Arzt. Er verstarb vor etwa fünf Jahren. Da meine Oma bereits vor ihm gestorben war, erbte mein Onkel sein Geld. Er übernahm auch seine Arztpraxis. Sehen Sie sich hier im Haus um. Ich denke, dass mein Onkel ein reicher Mann war."

„Und ihre Mutter war enterbt worden?"

„Ja, ich glaube es. Jedenfalls bekam sie nicht sehr viel."

„Wir möchten mit ihrer Mutter und deren Partner sprechen. Bitte geben Sie uns die Kontaktdaten." Dann überlegte er. „Ihr Onkel hatte eine Frau und einen Sohn. Wissen Sie, wo sich diese im Moment aufhalten?"

Lena verneinte. Sie hatte beide in den letzten Stunden mehrmals versucht zu erreichen.

„Wie würden Sie seine Frau und seinen Sohn beschreiben?"

Lena überlegte lange, bevor sie etwas sagte. „Ich kenne sie nicht so gut. Meine Tante ist eine gute Hausfrau. Sie ist nicht berufstätig und kümmert sich um das Haus und ihren Sohn. Ich denke, dass sie meinen Onkel liebt und ihm zugetan ist." Dann machte sie eine Pause. „Über meinen Cousin kann ich eigentlich nichts sagen. Ich sah ihn nur bei einem Abendessen und da hat er nichts gesprochen. Er machte einen unsicheren Eindruck. Aber das kann an der Pubertät liegen. Er ist 15 Jahre alt. Viele Jugendliche verhalten sich in diesem Alter komisch."

„Komisch?", hakte der Hauptkommissar nach.

„Entschuldigen Sie bitte. Vielleicht nicht komisch, aber eben seltsam. Er schien sehr unter Stress gestanden zu haben, wollte es aber nicht zeigen."

Hauptkommissar Verholsten nickte und wechselte das Thema: „Wie war Ihr Onkel als Arzt und ihr Arbeitgeber?"

Lena dachte nach. „Als Arzt hatte er einen guten Ruf. Er war gewissenhaft und angesehen. Als Hausarzt hatte er einen großen Patientenstamm und sehr viel zu tun. Als er vor einigen Jahren die Praxis meines Großvaters übernahm, hatte er viele Patienten aus seiner vorherigen Stelle mitgebracht. Das erzählte mir jedenfalls Frau Hölscht, meine Kollegin. Frau Hölscht arbeitete schon in der Praxis, als sie noch meinem Großvater gehörte. Sie ist so etwas wie die gute Seele des Hauses. Als Chef war er, wie soll ich das sagen, sehr bestimmend. Er wusste genau, wie er es haben wollte und man musste sich genau an das halten, was er sagte. Er war gewohnt, dass man auf ihn hörte und duldete keinen Widerspruch."

„Wer, außer Frau Hölscht, arbeitet noch in der Praxis?"

„Wir sind insgesamt drei medizinische Fachangestellte. Frau Lydia Ammers ist eine sehr liebenswerte und gewissenhafte Kollegin. Sie ordnet sich unter. Ihr liegen die Patienten und deren Schicksale am Herzen. Sie geht ganz in ihrer Arbeit auf."

„Dann haben also Frau Hölscht und Ihr Onkel das sagen."

„So ist es."

„Ich danke Ihnen." Hauptkommissar Verholsten stand auf. „Bitte halten Sie sich breit, falls wir weitere Fragen an Sie haben."

Lena nickte. Sie dachte an ihre Kolleginnen und an die Praxis. Wie schrecklich war das, was geschehen war. Sie mussten bereits Bescheid wissen. Sie sollte umgehend in die Praxis fahren, um ihren Kolleginnen zu helfen, die Patienten an andere Ärzte weiterzuleiten.

Nachdem sich Lena verabschiedet hatte, machte sie sich auf den Weg in die Praxis. Während sie auf den Bus wartete, rief sie Douglas an, der von alledem noch nichts wusste. Er konnte kaum fassen, was ihm Lena erzählte. Auf die Frage, wie er sie unterstützen könnte, erklärte sie, dass er im Moment nichts tun könne. Sie müssten warten, was die Polizei herausfindet. Douglas konnte nicht glauben, was sie da sagte. Er sprach eindringlich: „Da läuft ein Mörder frei herum und du steckst mitten drin! Du musst auf dich aufpassen und darfst niemandem trauen. Wer weiß, warum dein Onkel ermordet wurde. Es könnte jeder gewesen sein! Ein Familienmitglied oder ein Patient, der sich nicht gut behandelt fühlte. Warum hast du nur Kontakt zu deinem Onkel aufgenommen!?"

Lena beschwichtigte: „Ich verstehe deine Angst. Und es tut mir leid. Ich werde aufpassen. Ich verspreche es." Dann beendete sie das Gespräch: „Ich muss Schluss machen, der Bus kommt."

Die Busfahrt in die Innenstadt würde etwa 15 Minuten lang dauern. Lena starrte aus dem Fenster. Nachdem der Mann, der direkt neben ihr im Bus gesessen hatte, ausgestiegen war und um sie herum niemand anderes mehr saß, beschloss sie, ihre Mutter anzurufen. Sie hoffte, dass sie abnehmen würde. Wenige Augenblicke später sagte Lena: „Mama, ich habe schreckliche Nachrichten. Onkel Frank wurde gestern Abend ermordet."

Am anderen Ende der Leitung wurde es still. Dann sprach Claudia: „Was sagst du? Das kann nicht sein, du musst dich irren! Es muss ein makabrer Scherz sein!"

„Mama, hör zu! Ich habe ihn gefunden. Er kam nicht in die Praxis und ich sollte nachsehen. Da bin ich zu seinem Haus gefahren. Dort entdeckte ich ihn."

„Ermordet sagst du? Zu Hause?"

„Ja … jemand hat auf ihn geschossen."

Claudia atmete schwer. Sie war tieftraurig über diese Nachricht. Auch, wenn sie jahrelang keinen Kontakt zueinander gehabt hatten, und im Streit auseinandergegangen waren, wollte sie nie, dass ihm so etwas Grausames widerfährt.

„Weiß man, wer es war?", fragte sie.

„Nein, noch nicht." Eine lange Pause entstand.

„Ich habe mich von Magnus getrennt", hauchte sie.

„Wann?"

„Gestern Nachmittag. Ich habe ihm nach unserem Telefonat am Morgen erzählt, dass ich mit dir gesprochen habe und du nun die Wahrheit weißt, wie er wirklich ist. Das hat ihn so wütend gemacht! Er brüllte mich an. Er sagte, ich sei ein wertloses Stück Dreck! Dann hat er mit seinem Tennisschläger so lange auf mich eingeschlagen, bis dieser entzweigebrochen ist. Ich schrie und wollte fliehen, doch ich konnte nicht. Er war zu stark. Danach suchte er nach etwas in unserem Schlafzimmer, stürmte aus der Wohnung und ließ mich verletzt im Flur liegen. Es dauerte lange, bis ich mich wieder aufgerappelt hatte. Da wusste ich, ich muss mich trennen! Es sollte das letzte Mal sein, dass er mich schlug. Ich habe den Schlüsseldienst angerufen und das Schloss auswechseln lassen. Spät am Abend kam er zurück und wollte in die Wohnung. Als er gemerkt hatte, dass er die Tür nicht öffnen konnte, brüllte er das ganze Haus zusammen. Er hatte getrunken. Ich habe die Tür nicht geöffnet. Irgendwann ist er dann verschwunden. Heute hat er noch nicht versucht, Kontakt zu mir aufzunehmen. Ich schwöre es dir: Diesmal bleibe ich standhaft! Ich werde ihn anzeigen und mich scheiden lassen. Wenn du nur bei mir bleibst. Mein Kind, ich liebe dich!"

Lena schluckte. Sie ermutigte ihre Mutter. Sie würde sie darin unterstützen, sich von ihm zu trennen. Was war nur geschehen und wie hatte sich plötzlich alles verändert, dachte Lena. Es schien so, als ob ihre heile Welt auf einmal einzustürzen drohte. „Pass bitte auf dich auf!", bat Lena. „Und rufe die Polizei, falls er dich wieder bedrängt."

Lena stieg aus. Es dauerte wenige Minuten, um von der Bushaltestelle bis zur Praxis zu laufen. Als sie um die Ecke bog, sah sie vor dem Eingang schon mehrere Polizeiwagen stehen. Außen standen Polizisten, die telefonierten. Andere verluden gerade die drei Computer der Praxis in ein Auto. Sie wusste nicht, ob sie hineingehen durfte. Die Polizisten tätigten erst einen Anruf, anschließend wurde sie durchgewunken. Drinnen saß Monika auf einem Stuhl und weinte bitterlich. Die Nachricht von Doktor Prothops Tod war für sie ein Schock. Lydia versuchte, sie zu trösten. Hauptkommissar Verholsten und Kommissarin Fürmler waren auch schon da. Sie waren gerade in ein Gespräch vertieft und bemerkten Lena zunächst nicht.

„Was habt ihr den Patienten gesagt?", fragte Lena.

Lydia gab zu Antwort: „Na, die Wahrheit. Als die Polizei kam, mussten alle sofort gehen. Wir haben mehrere Kollegen angerufen und konnten alle Patienten von heute weitervermitteln. Die Praxis ist bis auf Weiteres geschlossen. So sagte es die Polizei. Sie haben alle Rechner beschlagnahmt und das Zimmer vom Doktor und seine Privatsachen untersucht. Es ist schrecklich."

Lena sah sich um. Die einst aufgeräumte Praxis glich einem Chaos.

Ihr Gespräch wurde von Kommissarin Fürmler unterbrochen, die sich nun mit Lydia unterhalten wollte. Lena legte Monika die Hand auf die Schulter.

„Ich Arme", bedauerte sich Monika selbst. „Was soll ich denn jetzt tun, nachdem der Doktor gegangen ist? 26 Jahre arbeite ich schon in dieser Praxis. Sie ist mein Leben! Ich kenne den Doktor schon so lange. Lange bevor er die Praxis übernahm war er ab und an hier gewesen. So ein guter Mann!" Sie wischte sich mit einem Taschentuch die Tränen ab. „`Bestätigen Sie den Termin bei Stettler und Meyer für Montagmittag!´", schluchzte Monika. „Das waren seine letzten Worte an mich. Danach ging er und kam nicht wieder."

Lena stutzte: „Wer sind Stettler und Meyer?"

„Das sind Doktor Prothops Anwälte. Der Termin wäre heute Mittag um 12 Uhr gewesen!"

Lena blickte für einen Moment ins Leere.

„Frau Kraich?", hörte Lena ihren Namen. „Wir haben Sie bereits befragt. Was tun Sie hier?"

Lena schaute in Hauptkommissar Verholstens fragende Augen. „Nichts, ich bin schon wieder weg. Ich wollte nur schauen, wie es Frau Hölscht und Frau Ammers geht. Sagen Sie, ist die Praxis nun gesperrt? Denn ich würde gerne die nächsten Tage einmal herkommen, um ein bisschen aufzuräumen?"

„Nachdem wir mit der Spurensicherung fertig sind und alles genau überprüft wurde, wird die Praxis wieder frei gegeben. Sie werden Bescheid bekommen." Lena bedankte sich, nahm ihre persönlichen Sachen mit und machte sich auf den Nachhauseweg.

5

Zu Hause angekommen wartete Douglas schon auf Lena. Sie musste ihm in allen Einzelheiten erzählen, was genau passiert war. Sie berichtete vom Leichenfund und dem Verhör durch den Hauptkommissar. Für Douglas war die ganze Sache unfassbar und surreal. Lenas Onkel sei tot und irgendjemand da draußen hatte es getan. Welchen Grund konnte es dafür gegeben haben? Lena schüttelte den Kopf, denn sie wusste nicht, was sie darauf antworten sollte. Alle in der Praxis waren sehr erschüttert. Sie dachte an Monika und Lydia. Wie es wohl Sabine und Samuel jetzt ging? Dann erzählte sie Douglas, dass sie mehrmals bei Sabine angerufen, aber niemand abgenommen hatte. „Sie waren nicht da, Douglas. Möglicherweise wissen sie es noch nicht."

„Vielleicht sind sie verreist?"

„Ja, vielleicht."

„Komm, ich mache dir jetzt erst mal was zu essen."
Douglas stand auf und lief in die Küche. Lena kam
hinterher.

„Mama hat sich von Magnus getrennt."

„Jetzt, so plötzlich?" Douglas nickte: „Es war an der
Zeit. Wie hat sie es geschafft?"

Lena wiederholte, was ihre Mutter am Telefon berichtet
hatte.

„Das ist ja furchtbar! Er soll es wagen, sich noch einmal
bei ihr zu melden. Dann kann er was erleben! Sie muss
auch die Polizei verständigen. Er muss dafür verurteilt
werden."

Lena wendete sich ab. Sie war in dieser Sache ganz bei
Douglas. Magnus musste bestraft werden. Dennoch war
sie innerlich zwiegespalten, denn er tat ihr auch leid. Er
war krank und brauchte Hilfe. Douglas sah die Zweifel
in ihren Augen. Er fasste sie am Arm: „Lena, es war
falsch, was er gemacht hat. Da gibt es keine andere
Wahl! Glaube mir!"

Das Telefon klingelte. Lena löste sich von Douglas und nahm den Hörer in die Hand. „Ja bitte?" Sie verließ die Küche und setzte sich auf die Couch.

Douglas setzte Wasser auf. Er wollte Pasta mit Tomatensoße kochen. Gerade als er dabei war, die Tomaten zu stückeln, kam Lena aufgeregt zurück: „Es war Sabine. Sie war tatsächlich mit Samuel übers Wochenende verreist. Sie kamen am Nachmittag nach Hause. Die Polizei war noch anwesend und stellte das ganze Haus auf den Kopf. Der Hauptkommissar wurde umgehend über ihre Rückkehr informiert und hat mit ihnen gesprochen. Die Polizei ist jetzt gegangen. Sabine fühlt sich allein und hat Angst. Deshalb bat sie mich, zu ihr zu kommen."

„Warum will sie ausgerechnet dich sehen?" Unverständnis spiegelte sich in seinen Augen.

„Ich weiß es nicht. Vielleicht hat sie niemanden, dem sie vertraut?"

„Und dir vertraut sie? Obwohl sie dich, seitdem du ein Kind warst, nur einmal gesehen hat?"

Lena hob bittend die Augenbrauen. Douglas presste die Lippen aufeinander und nickte: „Verstehe." Dann legte er das Messer auf die Ablage.

„Lieben Dank, dass du für mich kochen wolltest, aber ich mache mich jetzt auf den Weg."

„Soll ich dich begleiten?"

„Nein, ich werde alleine gehen. Bleib du da, falls meine Mutter sich meldet und Hilfe braucht."

Sie packte ihre Sachen zusammen und verließ das Haus: „Vielleicht werde ich über Nacht bleiben. Ich melde mich."

Eine Dreiviertelstunde später stand sie auf dem Weiherberg vor Onkel Franks Haus. Bevor sie die Klingel drückte, sah sie sich um. Ihr war so, als ob sie beobachtet würde. Aber sie konnte nichts Auffälliges erkennen.

Kurz darauf öffnete Sabine mit geröteten Augen die Tür. Sie bedankte sich dafür, dass Lena zu ihr gekommen war. Sie führte Lena ins Wohnzimmer. Dort an der Stelle, wo der Mord stattgefunden hatte, blieben sie stehen. Lena fühlte sich unbehaglich. Sie sah sich um. Alle Schränke waren von den Wänden gerückt worden. Die Türen und Schubladen waren geöffnet worden und überall auf dem Boden lagen Dinge verstreut herum. „So schaut es im ganzen Haus aus", flüsterte Sabine, während sie die Hände auf die Stirn legte. „Ich weiß überhaupt nicht, wo ich anfangen soll."

„Kann ich dir helfen?", fragte Lena.

„Nein, das muss ich alleine tun. Bitte setz dich."

Lena nahm auf dem unbequemen Sofa Platz. „Wieso hast du gerade mich angerufen?"

„Ich wusste nicht, wen ich sonst hätte anrufen sollen." Sie blickte Lena traurig an. „Wir ... wir haben keine engen Freunde. Es sind alles nur oberflächliche Beziehungen. Niemand von denen würde verstehen, was heute passiert ist und wie ich mich fühle. Du wirst es vielleicht auch nicht verstehen. Ich bin fast immer alleine. Hier, in diesem großen Haus." Sie lächelte leicht: „Du bist so vertrauensvoll und ... bodenständig. Außerdem bist du diejenige, die ihn gefunden hat. Und auch Samuel braucht jemanden, mit dem er reden kann. Mit mir spricht er nicht."

„Wieso habt ihr keine Freunde, die euch nahestehen?"

Sabine überlegte: „Frank wollte es so. Er wollte mich für sich alleine haben. Eine exklusive Familie. Er war auch nicht der Typ Mann, der sich anderen anvertraute. Er machte nur das, was er wollte und umgab sich nur mit Leuten, die ihm etwas nutzten. Er war sehr berechnend.

Jeder konnte das durchschauen, wenn er feinfühlig oder klug war."

Lena räusperte sich. Sabine sprach nicht sehr freundlich über ihren verstorbenen Ehemann. Die Frage, ob sie ihn geliebt hatte, bejahte sie ausdrücklich. Frank sei ihr Leben gewesen. Für Lena ergab sich hier ein Widerspruch, den sie nicht verstand. Vielleicht war es seine Dominanz, die sie zu ihm aufblicken ließ?

„Ich weiß nicht, wie ich das sagen soll", begann Sabine. „Die Polizei hat knapp 800 000 Euro gefunden. Das ganze Geld lag in großen Scheinen in einem Koffer in Franks Schrank. Ich wusste nicht, dass er so viel Geld zu Hause hatte."

Lena war erstaunt: „Habt ihr denn nie über finanzielle Dinge gesprochen?"

„Nein, mit unseren Finanzen hatte ich nichts zu tun. Um die kümmerte sich Frank. Ich kann mir nicht erklären, woher das Geld stammt."

Lena überlegte: „Vielleicht ist es das Erbe von Opa, das er bar aufbewahrte?"

Sabine blickte Lena ungläubig an. „Er hätte es doch bestimmt auf sein Konto eingezahlt", erklärte sie. So gesehen hatte Sabine Recht. Beide wussten nicht, wie sie die Tatsache, dass Frank heimlich Geld hortete, einschätzen sollten.

„Wo ist das Geld jetzt?", fragte Lena.

„Die Polizei hat es beschlagnahmt. Wenn klar ist, woher das Geld stammt und sich herausstellt, dass es wirklich ihm gehörte, bekomme ich es natürlich zurück."

Lena nickte zustimmend. Dann bat sie, auf die Toilette gehen zu dürfen. Sabine zeigte auf die Badezimmertür im Flur. Lena schloss sich ein. Sie atmete tief durch. Sie brauchte eine Minute Ruhe und musste sich erst einmal alles durch den Kopf gehen lassen. Sie setzte sich auf den Badewannenrand. War ihr Onkel Frank ein Verbrecher gewesen? Jemand, der verbotener Weise zu Geld gekommen war? Es musste so sein, denn warum sonst sollte er das Geld nicht auf sein Konto eingezahlt haben? Wurde er deswegen ermordet? Aber warum hat dann der Mörder das Geld nicht mitgenommen? Sie wusste keine Antwort. Nur, dass irgendetwas nicht stimmen konnte.

Sie stand auf und betrachtete sich im Spiegel. Dann sah sie an der gegenüberliegenden Wand ein Medizinschränkchen hängen. Sie drehte sich um und öffnete es. Hatte die Polizei hier nicht gesucht und alles herausgenommen? Oder hatten sie es wieder ordentlich eingeräumt? Das wusste sie nicht. Sie nahm einige

Medikamente heraus. Das Schränkchen enthielt die gängigen Mittel gegen Fieber, Übelkeit oder Gliederschmerzen. Ein Verbandskasten lag ebenso darin. Dann stutzte sie. Weiter hinten fand sie ein Medikament, das ihre Aufmerksamkeit auf sich zog. Sie nahm es in die Hand und las: „Gilurytmal." Sie betrachtete die Pappschachtel. Dann flüsterte sie: „Das ist ein Antiarrhythmikum gegen Herzrhythmusstörungen." Sie fragte sich, ob ihr Onkel Herzprobleme gehabt hatte?" Langsam stellte sie es wieder zurück in den Medizinschrank, verschloss die Tür und verließ das Badezimmer.

Als Lena zurück ins Wohnzimmer kam, kniete Sabine auf dem Boden. Sie hatte angefangen, das Durcheinander aufzuräumen. Mühsam ordnete sie die einzelnen Dinge, indem sie kleine Stapel und Häufchen bildete.

„Es wäre schön, wenn du dich um Samuel kümmern könntest", bat sie. „Er spricht nicht mit mir. Ich weiß nicht, was ich noch machen soll. Vielleicht reagiert er auf dich."

„Wo finde ich ihn?"

„Er ist in seinem Zimmer im ersten Stock."

Lena stieg die Treppe hinauf. Im oberen Stock waren alle Türen, bis auf eine, geöffnet. An diese klopfte sie an. Sie vernahm keine Reaktion. Daraufhin klopfte sie ein zweites Mal etwas stärker. Wieder hörte sie nichts. Da Samuel sie nicht hereinbat, entschied sie sich, langsam die Tür zu öffnen. Sie steckte den Kopf durch den Spalt und fragte: „Samuel? Darf ich reinkommen?"

Er saß im Schneidersitz vor einem großen Monitor auf dem Boden und hielt eine Konsole in den Händen. Er hatte Kopfhörer auf. Er blickte sie kurz an und meinte: „Du bist doch eh schon fast drinnen."

Langsam und behutsam setzte sie sich neben ihn. Er nahm keine weitere Notiz von ihr. Eine Zeit lang schaute sie dem Computerspiel zu. Samuel steuerte eine Figur, die, mit Waffen ausgestattet, andere umbringen musste, um selbst überleben zu können. Das Szenarium spielte in einem unwegsamen Gelände. Gerade war Samuel dabei, einen anderen Menschen mit seiner Machete zu köpfen, als Lena das Wort ergriff: „Kannst du bitte mal für einen Moment Pause machen? Ich möchte gerne mit dir reden."

Genervt drückte Samuel auf Pause. Er nahm seine Kopfhörer ab und schaute Lena an. „Mutter hat dich geschickt, stimmt's?"

„Ja, sie macht sich Sorgen. Sie wünscht sich, dass du mit ihr redest."

Samuel atmete schwer. „Es gibt nichts zu reden. Alles ok!"

„Heute ist etwas Schreckliches passiert. Dein Vater ist gestorben. Du musst mit irgendjemand darüber sprechen!"

Samuel schloss für einen Moment die Augen. Seine Hände zitterten unmerklich. Innerlich schien er sehr angespannt zu sein. Dann öffnete er die Augen und setzte die Kopfhörer wieder auf. Ungeachtet, dass Lena neben ihm saß, nahm er sein Spiel wieder auf.

Lena berührte ihn vorsichtig am Arm. Sofort zuckte er zurück und schrie: „Lass das! Verschwinde!"

Lena stand auf und verließ unverrichteter Dinge das Zimmer. Sie ging die Treppe hinunter. Unten hörte sie, wie Sabine weinte. Sie saß zusammengekauert auf dem Sofa. Als Lena den Raum betrat, wischte sich Sabine sofort die Tränen aus dem Gesicht. Sie fragte: „Hast du mit ihm sprechen können?"

Lena verneinte. Samuel bräuchte Zeit, bis er soweit war, meinte sie. Teenager in seinem Alter seien schwierig und man solle sie von sich aus kommen lassen.

Sabine schluckte. Es blieb ihr nichts anderes übrig, als darauf zu warten, bis sich Samuel ihr gegenüber von selbst öffnete.

Nach einem Moment der Ratlosigkeit fragte Lena, ob Sabine heute Abend und in der Nacht alleine zurechtkommen würde. Denn sie wollte nach Hause gehen. Auch für sie war es ein schwieriger Tag gewesen. Und sie musste diese schlimmen Eindrücke verarbeiten. Sabine sah Lena bittend an, verstand aber, dass sie Lena nicht die ganze Zeit dabehalten konnte. Sie bedankte sich herzlich und umarmte sie. Dann verabschiedeten sie sich und Lena verließ das Haus.

6

Am nächsten Morgen war Douglas früh aufgestanden, um zur Arbeit zu fahren. Er hatte Lena versprochen, gegen Mittag wieder Schluss zu machen, um für sie da zu sein. Nun saß sie alleine am Küchentisch und aß ein Müsli. Die Geschehnisse des gestrigen Tages hatten zur Folge, dass sie in dieser Nacht kaum geschlafen hatte und sich matt und antriebslos fühlte. Alles hatte sich mit einem Mal verändert. Ihre Familie war auseinandergebrochen und sie würde ihre Stelle verlieren. Es kam ihr vor wie ein böser Traum. Sie war tieftraurig und wusste nicht weiter. Wem konnte sie sich anvertrauen, wem Glauben schenken? Sie dachte an Douglas. Er gab ihr Halt und war sehr bemüht. Doch war er viel rationaler als sie und konnte nicht wirklich nachempfinden, wie sie sich fühlte, nach allem, was geschehen war. Für ihn war sicher, die Polizei würde den Mörder ihres Onkels finden. Dann wäre das Böse gebannt und ihr Leben würde weitergehen wie zuvor. Für Lena war aber nichts wie zuvor. Sie dachte an Magnus. Er war ihrer Mutter gegenüber brutal und gewalttätig gewesen. Das schockierte sie und machte sie wütend. Wie konnte er ihr das nur angetan haben? Er hatte zwei Gesichter. Viele kannten ihn als liebevollen Vater, niemand hätte an so etwas gedacht. Er war krank und sie hasste ihn.

Lenas Gedanken schweiften weiter. Sie dachte an Sabine und Samuel. Sabine, mit ihren feinen Gesichtszügen, war hilflos und unselbstständig. Lena hatte die Befürchtung, dass sie ihren Alltag nicht alleine meistern konnte. Und Samuel war ebenso seltsam. Er verhielt sich schüchtern und scheu, war aber innerlich offenbar sehr angespannt. Lena hatte ein ungutes Gefühl, wenn sie an die beiden dachte.

Sie wurde vom Klingeln ihres Handys aus ihren Gedanken gerissen. Es war Sabine, die sich für den frühen Anruf entschuldigte. „Lena, es ist etwas Schlimmes passiert!", brach es mit aufgeregter Stimme aus ihr heraus.

„Etwas Schlimmes?", wiederholte Lena. Sie war gerade nicht in der Verfassung, noch weitere unangenehme Nachrichten zu hören.

Ungeachtet dessen sprach Sabine weiter: „Aber ja, hör zu!"

Sabine erzählte vollkommen aufgelöst, dass es gerade eben bei ihr an der Tür geklingelt hatte. Sie hatte niemanden erwartet und konnte sich nicht erklären, wer sie um diese Zeit besuchen sollte. Vorsichtig hatte sie schließlich die Tür geöffnet. Doch zu ihrer Verwunderung hatte niemand draußen gestanden. Sie war dann den Schotterweg entlang zum Gartentor gelaufen und hatte sich umgeschaut. Aber auch auf der Straße hatte sie niemanden erkennen können. Als sie wieder zur Tür zurückgekehrt war, fand sie einen kleinen Zettel auf der Schwelle, den sie im Hinausgehen übersehen haben musste.

„Lena, darauf steht Folgendes, ich lese es dir vor: `100 000 Euro bis nächsten Samstag in kleinen Scheinen! Sonst wird die Polizei erfahren, was ich gesehen habe!`" Sie machte eine kleine Pause, bevor sie fragte: „Ich weiß nicht, was das zu bedeuten hat! Was soll ich damit anfangen? Es ist furchtbar!"

Sabine fing an zu weinen. Lena überlegte. Sie rieb sich angestrengt die Augen. Dann sagte sie, dass es jetzt wichtig sei, einen kühlen Kopf zu bewahren. Natürlich solle sie nichts bezahlen. Der Erpresser würde im Laufe der Woche bestimmt noch genauere Angaben machen, wohin das Geld gebracht werden sollte. Es sei wichtig, mit der Polizei darüber zu sprechen.

„Was hat er nur gesehen?", fragte Sabine verzweifelt.

„Oder wen hat er gesehen?", fügte Lena hinzu. „Vielleicht sah er, wie jemand zur Tatzeit ins Haus kam. Und nun will er Schweigegeld erpressen."

„Aber das ist doch absurd! Warum möchte er dann von uns Geld haben?"

Lena fragte unvermittelt: „Warum seid ihr gerade dieses Wochenende in euer Ferienhaus nach Heidelberg gefahren?"

Sabine erklärte nach einem kurzen Zögern: „Wir fahren regelmäßig dorthin. Es war so grau und trist draußen, ich brauchte einen Tapetenwechsel."

Lena konnte das nachvollziehen und sagte: „Bitte wende dich wegen des Erpresserbriefes an die Polizei, versprichst du mir das? Und mach´ dir keine Sorgen. Es wird sich alles aufklären."

„Ich hoffe, du hast Recht!"

Lena verabschiedete sich von Sabine und legte auf. Sie spürte, dass sie dringend noch einen zweiten Kaffee brauchte, um in dieser Situation einen klaren Gedanken fassen zu können.

Lena beschloss nach dem Kaffee, im Wald eine Runde joggen zu gehen. Sie zog ihre Sportkleidung an, koppelte ihre Kopfhörer über Bluetooth mit ihrem Handy, um darauf ihre Lieblingsmusik zu hören. Dann verließ sie die Wohnung. Es war ein sehr kalter Tag. Nach einigen Dehnübungen begann sie ihre Runde, die hinter Helmsheim über die Felder in den angrenzenden Wald führte. Lena joggte immer dann, wenn sie gestresst oder angespannt war. Es war ihre Art und Weise, loszulassen und einen klaren Kopf zu bekommen. `Sport ist gut für die Nerven.´ Das hatte einmal ein Arzt zu ihr gesagt, als sie wegen Überforderung und Unruhezuständen in seiner Sprechstunde gewesen war. An diese Worte musste sie oft denken. Er hatte Recht gehabt und es tat ihr gut. Nach etwa einer Stunde kam sie wieder zufrieden zu Hause an. Sie war gerade dabei, den Schlüssel ins Schloss zu stecken, da hörte sie eine ihr bekannte Stimme: „Lena, bitte hör mir zu!"

Sie drehte sich ruckartig um und sagte vorwurfsvoll: „Wie kannst du es wagen, hierher zu kommen? Nach all dem, was du Mama angetan hast?"

Magnus machte eine beschwichtigende Geste. „Bitte, es tut mir so leid. Ich wollte das nicht, das musst du mir glauben! Ja, ich habe sie geschlagen. Aber da war ich betrunken und nicht Herr meiner Sinne. Das wollte ich nicht."

„Das wollte ich nicht?", wiederholte sie. Fassungslos schaute sie ihn an: „Hat dich Mama etwa dazu gezwungen, dich volllaufen zu lassen und auf sie einzuschlagen? Hat sie das gewollt? Ich war so dumm, zu glauben, dass du uns liebst!"

Er machte einen Schritt auf sie zu: „Ich liebe Claudia! Und auch dich! Ich will alles tun, damit ihr mir verzeiht. Bitte, ich tue alles, was ihr von mir verlangt!"

Er versuchte sie an der Schulter zu berühren, doch sie wich nach hinten aus und stieß an die Tür: „Fass mich nicht an! Ich will dich nicht mehr sehen! Nie mehr! Ich will, dass du aus meinem Leben verschwindest! Verschwinde!" Er blieb bewegungslos stehen und starrte sie seltsam undurchsichtig an. „Verschwinde! Oder ich rufe die Polizei!", wiederholte sie.

Seine Haltung veränderte sich. Unmerklich hob er sein Kinn. „Das wird dir noch leidtun", drohte er ihr betont langsam. „Du willst mir alles nehmen, was mir gehört? Alles, was ich mir aufgebaut habe?" Dann fing er an zu grinsen: „Du wirst noch an mich denken!" Anschließend drehte er sich um und entfernte sich von ihr. Sie atmete tief durch und verschwand im Haus.

Douglas war in der Zwischenzeit nach Hause gekommen. Aufgelöst betrat Lena die Wohnung. Auf seine Frage, was denn passiert sei, schmiss Lena ihre Mütze weinend auf die Kommode. „Magnus war da. Er wollte sich entschuldigen, für das, was er Mama angetan hat. Er will wahrscheinlich über mich an Mama herankommen."

„Ich rufe die Polizei!"

„Nein, nicht! Ich habe ihn weggeschickt. Er kommt so schnell nicht wieder."

„Bist du sicher?"

„Ja." Sie bat Douglas, sie in den Arm zu nehmen. „Ich habe Angst vor ihm. Er hat mir gedroht. Ich würde noch an ihn denken, so sagte er."

Douglas strich ihr liebevoll über die Wange. „Wenn er die Hand gegen dich erhebt, dann werde ich da sein und ich werde dich beschützen."

Lena fühlte sich in seinen Armen sicher. Für einen Moment dachte sie, dass vielleicht doch alles wieder gut werden könnte. Sie blieben einen Augenblick eng umschlungen stehen. Dann löste er die Umarmung und fragte: „Was willst du heute tun?"

Lena dachte nach. Sie wollte sich am Abend mit Monika und Lydia treffen. Ihr war beim Joggen ein Gedanke gekommen und sie wollte beide danach befragen. Den Nachmittag würde Lena gerne in Ruhe mit Douglas zusammen verbringen und nichts tun.

„Das hört sich gut an. Lass uns etwas zu Mittag kochen und dann einen Film anschauen."

Lena lächelte und willigte ein. Sie musste noch duschen und würde ihm danach in der Küche helfen.

Gegen 19 Uhr saß Lena zusammen mit Monika und Lydia in einem kleinen Restaurant in der Innenstadt. Ihr war es ein Anliegen gewesen, mit beiden in Kontakt zu bleiben. Zumindest solange, bis sich die ganze schreckliche Situation geklärt hatte. Monika war froh über Lenas Angebot, etwas gemeinsam zu unternehmen. Sie lebte allein und ihre Stelle, über die sie sich maßgeblich definierte, würde bald nicht mehr existieren. Monika erzählte, wie gelähmt sie sich fühlte und dass es für sie keine berufliche Zukunft mehr geben würde. Niemand würde eine 61-jährige Frau einstellen. Sie war dazu gezwungen, vorzeitig in Rente zu gehen und Abzüge in Kauf zu nehmen. Auf Lydias Frage, ob ihr denn das Geld reichen würde, antwortete Monika nur zögerlich, dass sie sich in Zukunft wohl räumlich verkleinern müsste. Vielleicht würde sie auch zu ihrem Sohn oder zu ihrer Tochter ziehen. Obwohl sie ihren Kindern nie zur Last fallen wollte, musste sie diese Möglichkeit erwägen.

Lydia war die letzten beiden Tage seit der Schließung der Praxis sehr aktiv gewesen. Sie hatte sich sofort bei mehreren Ärzten beworben. Nächsten Monat würde sie in einer Praxis in Büchenau anfangen können. Lena fand, dass diese Neuigkeit gefeiert werden musste. Sie stießen auf Lydia und ihre neue Arbeit an.

„Und du, was wirst du tun?", fragte Lydia.

„Ich warte noch ein bisschen. Dann werde auch ich auf die Suche gehen und mich bewerben", antwortete Lena. „Ich bin ja noch jung und habe Zeit."

Nach einer kurzen Pause sagte Lena: „Fragt ihr euch nicht auch die ganze Zeit, wer der Mörder sein könnte? Ich denke unentwegt darüber nach. Ich meine, vielleicht ist es ja jemand, den wir kennen? Das ist doch im Bereich des Möglichen oder?"

Monika stieß einen hellen Laut aus. Lydia kniff die Augen zusammen. Sie hatte auch schon daran gedacht, dass es vielleicht ein Patient gewesen sein könnte, der sich nicht richtig behandelt gefühlt hatte und sich dafür rächen wollte.

„Aber Lydia, das glaubst du doch nicht im Ernst?", warf Monika ein. „Der Doktor hat immer gewissenhaft gehandelt. Ich weiß nicht, wer das sein sollte?"

„Gab es denn Patienten, die einen Grund dafür gehabt hätten?", hakte Lena nach. „Ich meine, bei deren Behandlung es eindeutig Fehler gab?"

Lydia verneinte. Sie konnte sich wirklich nicht an Behandlungsfehler erinnern. Aber es hatte schon unglückliche Umstände gegeben. Sie erinnerte sich an einen bestimmten Patienten. „Weißt du noch, wie der Name von dem Patienten war, der an der kalten Lungenentzündung gestorben war? Ich meine, er hieß Pascal Herhauser oder so ähnlich."

„Der? Nein, lass mich überlegen. Er hieß Hohrmeister", sagte Monika. „Pascal Hohrmeister. Ich erinnere mich an ihn."

„Und dieser Patient ist gestorben?", fragte Lena.

„Ja", begann Lydia. „Er kam zu uns und klagte über Schmerzen in der Brust, Schlappheit und Husten. Er hatte jedoch keine erhöhte Temperatur. Da die Symptome atypisch für eine Lungenentzündung waren, diagnostizierte Dr. Prothop eine einfache Erkältung. Die

Schmerzen in der Brust führte er darauf zurück, dass sich Herr Hohrmeister beim Sport verrenkt oder einen Nerv eingeklemmt haben könnte. Er sollte sich schonen und die Woche darauf wieder zur Nachuntersuchung kommen."

„Wie alt war Herr Hohrmeister?", wollte Lena wissen.

„Ich glaube, er war Anfang 40", erinnerte sich Lydia. „Nun, zur Nachuntersuchung konnte er nicht mehr kommen. Er starb zuvor an Kreislaufversagen."

Lydia schaute Monika vielsagend an. Diese konnte ihrem Blick nicht standhalten und trank einen Schluck Wein.

„Das ist ja schrecklich! War er verheiratet?"

„Ja, er hinterließ eine Frau und ich glaube, er hatte auch Kinder. Den Doktor trifft aber keine Schuld", sagte sie bestimmt. „Die Erkrankung war nicht eindeutig als Lungenentzündung erkennbar. Ein anderer Arzt hätte die kalte Lungenentzündung ebenso übersehen können. Es waren einfach unglückliche Umstände."

Lena dachte nach. „Wann war das?"

Lydias dachte angestrengt nach. „Vor etwa fünf Monaten."

„Fünf Monate", überlegte Lena. „Und habt ihr nach seinem Tod jemals etwas von der Familie gehört? Gab es irgendeine Anschuldigung oder dergleichen?"

Lydia schaute Monika an. Beide verneinten. Die Familie hatte sich bis heute nicht an die Praxis gewendet.

„Gab es noch mehrere solch unglücklicher Umstände?", wollte Lena wissen. „Unter denen Menschen gestorben sind oder Langzeitschäden davongetragen haben?"

Monika räusperte sich. Es war ihr unangenehm, über die Arbeit des Doktors zu sprechen, jetzt da er tot war. Er war ein guter Arzt gewesen und solche Dinge passierten schließlich überall. An seiner Arbeit gab es nichts auszusetzten, behauptete sie und wollte das Thema wechseln. Doch Lena war hartnäckig und überging Monikas Wunsch. „Lydia, du erinnerst dich doch bestimmt, ob es noch mehr solcher Vorfälle gab."

Lydia nickte. „Ja, ich erinnere mich an den jungen Mann, der mit Anfang 30 einen Herzinfarkt erlitt und starb. Christian Frömel hieß er. Du musst dich doch auch an ihn erinnern können, Monika! Wir waren alle sehr geschockt, als wir davon hörten. Der Doktor konnte nur noch seinen Tod feststellen. Er hatte eine erblich bedingte Herzerkrankung. Und gegen diese konnte der Doktor medizinisch nichts tun. Es war traurig, als er so plötzlich aus dem Leben gerissen wurde. Wir schickten damals eine Trauerkarte, die wir zusammen mit dem Doktor unterschrieben hatten."

„Ja das stimmt", bestätigte Monika. „Aber wie gesagt, den Doktor trifft auch hier keine Schuld."

„Und dann war da noch die Sache mit Herrn Lüster, weißt du noch?", berichtete Lydia. „Das ist jetzt schon einige Jahre her. Der Doktor war auf Hausbesuch, als Herr Lüster ebenfalls einen Herzinfarkt erlitt. Der Doktor versuchte ihn zu reanimieren, jedoch erfolglos. Er verstarb in seinen Armen. Seine Frau war dabei gewesen. Es war schrecklich."

Lena fragte nach: „Lüster? Der Name kommt mir bekannt vor."

Lydia zuckte mit den Schultern. „Kann sein. Das weiß ich nicht."

„Letzte Woche war ein Herr Lüster in der Praxis. Ein Mann um die 50 Jahre."

„Wenn, dann muss das sein Sohn gewesen sein", mutmaßte Monika. „Denn Herr Lüster war bestimmt schon Ende 70."

Lena nahm einen großen Schluck Wein. In Gedanken wiederholte sie die drei genannten Todesfälle und versuchte sich die Namen einzuprägen: Pascal Hohrmeister, Christian Frömel und Herr Lüster, wiederholte sie für sich. Dann kam ihr eine ganz andere Person in den Sinn: „Wer ist eigentlich Frau Schutzleitner?"

Monika und Lydia schauten sich an. Dann meinte Monika: „Das ist eine Patientin von uns. Wieso fragst du nach ihr?"

„Nun, sie rief in der Praxis an und mein Onkel schien sehr vertraut mit ihr zu sein. Das ist mir aufgefallen. Ich dachte, vielleicht wisst ihr etwas mehr darüber?"

Monika verneinte. „Sie war im letzten Vierteljahr vielleicht drei- oder viermal da gewesen. Mehr weiß ich nicht. Ich kann mir nicht vorstellen, dass sie sich näher gekannt hatten. Du etwa?"

Auch Lydia verneinte. Ihr war sie überhaupt nicht aufgefallen.

„Und noch etwas wollte ich dich fragen, Monika. Du solltest für meinen Onkel einen Termin bei einer Anwaltskanzlei bestätigen. Weißt du, worum es bei diesem Termin ging?"

Monika war empört: „Natürlich weiß ich nicht, worum es dort ging! Ich war mit dem Doktor nicht sehr vertraut, was sein Privatleben anging. Ich sollte nur den Termin bestätigen, mehr nicht. Aber es ist sowieso egal, denn dieser Termin konnte ja nicht mehr stattfinden. Frag doch seine Frau danach!"

Lena bedankte sich. Sie würde Sabine bei nächster Gelegenheit danach fragen. Dann wechselten sie das Thema. Der Mord und dessen Umstände wurden an diesem Abend nicht mehr besprochen. Lena hatte das Gefühl, dass Monika und Lydia vollkommen unwissend waren. Sie machten sich wenig Gedanken über mögliche Zusammenhänge. Monikas Sicht der Dinge war durch die Loyalität zu ihrem Arbeitgeber beeinflusst und Lydias Denkansätze blieben ohne Konsequenz. Sie wunderte sich etwas, beließ es aber dabei und dachte hauptsächlich an ihre eigene berufliche Zukunft.

7

Am nächsten Morgen klingelte Lenas Handy. Sabine war dran und berichtete, dass sie eine weitere Nachricht des Erpressers bekommen hatte. Diese wurde in der Nacht, ebenso wie die erste, auf die Türschwelle gelegt. Ihre Stimme zitterte, als sie vorlas: „Die 100 000 Euro sollen in einer Tüte verpackt Samstagnacht um 24 Uhr auf die Treppenstufen zwischen den Torbögen am Belvedere gelegt werden. Keine Polizei, sonst singt das Vögelchen!"

Lena meinte: „Ich kenne das Belvedere. Das Schießhaus liegt im Stadtgarten. Dort gibt es zwei Torbögen und ja, an der Vorderseite gibt es auch Stufen. Dort soll das Geld also platziert werden."

Verzweifelt jammerte Sabine: „Ich habe das Geld nicht! Ich weiß nicht, wie ich an eine so große Summe herankommen soll!"

„Hast du schon mit der Polizei gesprochen?"

Sabine verneinte. Sie müsse unbedingt mit Hauptkommissar Verholsten darüber sprechen, drängte Lena. Und das Geld müsse sie überhaupt nicht beschaffen. Die Polizei würde bestimmt nur Papier in die Tüte legen, um den Erpresser zu ködern und ihn dann zu schnappen.

„Aber was meinte der Erpresser damit, dass das Vögelchen singen wird?", überlegte Lena. „Was hat er gesehen, das dich oder Samuel belasten könnte?"

Es wurde still am anderen Ende. Sabine wusste keine Antwort. Auch die Frage, ob sie mit Samuel darüber gesprochen hatte, verneinte sie. Samuel war mit ihr in Heidelberg gewesen. Er konnte nichts wissen. Und es konnte nichts mit ihnen beiden zu tun haben.

„Was habt ihr eigentlich in Heidelberg gemacht?", wollte Lena wissen.

Wieder wurde es still. „Ich habe Freunde getroffen", begann Sabine schließlich. „Die können bestätigen, dass ich bei ihnen war. Und Samuel war tagsüber meist in der Stadt unterwegs. Er besitzt dort ein Fahrrad. Er hat auch einige Freunde in Heidelberg, mit denen er die Zeit verbrachte."

„Und am Sonntagabend waren du und Samuel zu Hause in eurem Ferienhaus?"

„Warum stellst du mir all diese Fragen? Ja … ja wir waren zusammen. So wie jeden Abend. Er war in seinem Zimmer und spielte seine Spiele und ich las ein Buch. Ich verstehe nicht, was das soll?"

Lena erklärte ihr, dass sie der Polizei gegenüber lückenlos aufzeigen musste, dass sie zusammen mit Samuel in Heidelberg war. Sonst hätten sie für die Tatzeit kein Alibi.

„Aber das habe ich bereits getan. Sie wissen alles. Und deine Fragerei zeigt mir, dass du an mir zweifelst! Das ist eine Unverschämtheit!"

Lena beschwichtigte Sabine, indem sie sagte, dass sie ihr nur helfen wolle. Dann schlug sie vor, dass Sabine jetzt gleich bei der Polizei anrufen solle, um von der Erpressung zu berichten. Die Polizei wüsste genau, wie man mit Erpressern umzugehen hatte.

Sabine beruhigte sich wieder und versprach, die Sache gleich anzugehen. Auf die Frage, was Lena nun machen würde, antwortete diese, dass sie gleich in die Praxis fahren wolle, um nach der Post zu sehen. Sie verabredeten, später nochmals miteinander zu telefonieren. Dann legten sie auf.

Eine Stunde später öffnete Lena den Briefkasten der Praxis. Sie mussten regelmäßig nach Post schauen, denn die Patienten mussten weiterhin versorgt werden. Gegebenenfalls mussten Laborergebnisse an ihre Praxiskolleginnen weitergeschickt werden. Lena hatte mit Monika und Lydia besprochen, dass sie diese Aufgabe übernehmen würde. Die Räume der Praxis waren noch gesperrt. Lena hatte eine Tasche dabei und steckte die vielen Briefe hinein. Dann fuhr sie wieder nach Hause, um dort jeden einzelnen zu öffnen und zu entscheiden, was damit getan werden musste.

Gegen Mittag setzte sie sich mit einem Kaffee auf den Wohnzimmerboden und legte die Briefe vor sich hin. Sie wollte Häufchen machen, je nachdem, wie sie mit ihnen weiter verfahren müsste. Die meisten Briefe waren Werbung, Rechnungen und Ergebnisse aus den Laboruntersuchungen. Die Briefe mit Werbung legte sie auf den Stapel, den sie gleich entsorgen wollte. Sie öffnete jeden Brief und recherchierte, ob, und wenn ja, zu welchem Arzt sie den betreffenden Patienten vermittelt hatten. Zu diesem Zweck hatten Monika und Lydia am Mordtag eine Liste angelegt. Natürlich mussten nach und nach alle Patienten weitervermittelt werden. Aber das würde noch seine Zeit dauern und dazu bräuchten sie außerdem die Computer mit dem Programm der Patientenverwaltung, welche die Polizei noch beschlagnahmt hatte.

Lena kam langsam, aber gut voran. Sie nahm einen weiteren Brief mit dem Ergebnis einer Laboruntersuchung in die Hand und las den Patientennamen: „Dieter Lüster". Kurz zögerte sie. Dieser Name sagte ihr etwas. Sie erinnerte sich an das Gespräch mit Monika und Lydia in dem kleinen Restaurant. Sie wollte sich unter anderem diesen Namen merken. Sie versuchte sich zu erinnern, welche Geschichte zu dem Namen gehörte. Dann kam die Erinnerung zurück: Dessen Vater starb in den Armen ihres Onkels an einem Herzinfarkt. Und dieser Dieter Lüster war ein paar Tage vor dem Mord in der Praxis gewesen. Ob und welchen Zusammenhang es geben könnte, das wusste sie nicht. Sie blickte aus dem Fenster. Wie konnte sie mit diesem Mann ins Gespräch kommen? Sie wollte ihn treffen. Aber wie? Dann schaute sie auf die Ergebnisse der Untersuchung. Da hatte sie eine Idee. Sie würde die Ergebnisse persönlich bei ihm vorbeibringen. Vielleicht würde sich daraufhin ein Gespräch ergeben. Motiviert schaute sie im Internet, wo genau in Bruchsal die angegebene Adresse war. Die Wiesentaler Straße 43 lag in der unmittelbaren Nähe eines Burger-Restaurants an der Werner-von-Siemens-Straße. Das Restaurant kannte sie, von dort aus waren es vielleicht drei Gehminuten.

Sie zog sich an, steckte den Brief in ihre Handtasche und machte sich auf den Weg.

Unsicher öffnete sie das Gartentor zum Haus mit der Nummer 43. Als sie die Klingelschilder las, entdeckte sie sofort den Namen `Dieter Lüster´. Er wohnte offenbar ganz oben. Sie drückte den Klingelknopf. Wenige Augenblicke später öffnete sich die Tür mit einem Summen. Zögerlich trat sie in das Treppenhaus. Sie stieg die Treppe hinauf in den dritten Stock. Dort stand Dieter Lüster in der offenen Tür. Er schien überrascht, als er Lena sah. „Ja bitte, was kann ich für Sie tun?", fragte er.

Lena kramte in ihrer Tasche und zog den Brief hervor. „Sie werden sich sicher nicht an mich erinnern. Ich arbeite in Doktor Prothops Arztpraxis als medizinische Fachangestellte. Da der Doktor letzten Sonntag leider verstarb, bringe ich Ihnen persönlich Ihre Ergebnisse der Laboruntersuchung vorbei."

„Das ist sehr ungewöhnlich", befand Herr Lüster.

„Es ist auch für uns eine ungewöhnliche Situation." Lena schaute ihm fest in die Augen.

Er nickte zustimmend. „Und der Doktor starb? Das tut mir leid."

„Danke."

Betreten standen sie da. Lena wusste nicht, was sie sagen sollte und er machte keine Anstalten, sie herein zu bitten. Dann streckte sie ihm den Brief entgegen. Er nahm ihn und sagte: „Ich werde einen neuen Arzt aufsuchen und ihm die Ergebnisse geben. Haben Sie Dank."

„Ja, das sollten Sie." Sie drehte sich um und ging zwei Stufen hinunter.

Daraufhin sprach er: „Da gibt es sicher allerhand zu tun, wenn eine Praxis aufgelöst werden muss."

Lena drehte sich um und bestätigte seine Annahme.

„Der Arzt hatte auf mich keinen kranken Eindruck gemacht."

„Ja, er ist plötzlich und unerwartet gestorben. Jemand hat ihn … ermordet."

Herr Lüster machte ein erstauntes Gesicht. Er pustete Luft aus seinen Lippen und rieb sich unsicher über den Kopf. Betreten wünschte er ihr sein Beileid. Lena bedankte sich nochmals. Dann drehte sie sich um und lief bis zum nächsten Absatz hinunter. Vollkommen unerwartet machte er ihr ein Angebot: „Wenn Sie schon extra persönlich gekommen sind, um mir die Ergebnisse zu überreichen, wollen Sie einen Kaffee trinken?" Lena bedankte sich freundlich, lief wieder hinauf zu ihm und folgte ihm in die Wohnung. Diese war klein und beengt und bestand aus nicht mehr als zwei kleinen Wohnräumen, einer Küche und einem Bad. Er bot ihr einen Platz auf der Couch an. „Einen Moment bitte, ich komme gleich wieder. Der Kaffee ist in einer Minute fertig." Dann ließ er sie alleine. Sie blickte sich um. An einer Wand hing ein großes Plakat mit einem Ensemble aus sieben japanischen Statuen darauf, das die Überschrift hatte: `Shichi Fukujin´. Auf einem Tischchen davor stand eine kleine Porzellan-Katze, die mit einer Pfote winkte. Auf dem Couchtisch lag neben einem Stapel von Papieren ein Deck Tarot-Karten und ein Säckchen. Sie schaute neugierig hinein. Darin waren Runensteine mit verschiedenen Symbolen darauf. Herr Lüster war offenbar sehr esoterisch, dachte sie sich. Sie ließ ihre Blicke weiter schweifen. Das Zimmer war spartanisch eingerichtet. Die Möbel waren einfach und funktional. Dann las sie auf einem Papier, das etwas aus dem Stapel auf dem Tisch lugte: „16.03.2014, Sehr geehrter Herr Lüster, wir gratulieren Ihnen …" Der Rest des Satzes war unter dem Stapel verdeckt. Neugierig wollte sie das Paper herausziehen, da kam Herr Lüster mit dem Kaffee. Sofort zog sie ihre Hand zurück und hoffte, dass ihre Neugier nicht bemerkt worden war. Er stellte den Kaffee auf die Tischplatte und räumte den Stapel Papiere, die Karten und das Säckchen auf eine Kommode. „Hier bitte, Milch oder Zucker?", fragte er.

Lena trank ihren Kaffee am liebsten schwarz. So saßen sie sich eine Weile lang schweigend gegenüber.

„Weiß man denn schon, wer den Doktor umgebracht hat?", begann Herr Lüster das Gespräch.

„Nein, noch nicht. Ich glaube, die Polizei tappt noch vollkommen im Dunkeln und auch meine Kolleginnen und ich können uns keinen Reim darauf machen. Es ist unfassbar."

„`Ein Mensch vom bösen Glück besiegt´", zitierte Herr Lüster nachdenklich eine Zeile aus einem Lied.

Lena schaute etwas irritiert. Dann nickte sie. Beide tranken einen Schluck Kaffee. Das Gespräch verstummte.

Der Sinn des ganzen Besuches war, so zumindest Lenas Zielvorstellung, etwas über Herrn Lüsters Vater herauszubekommen. So musste sie die Unterhaltung unbedingt wieder in Gang bringen. Sie schaute sich im Zimmer um und bekam gleich einen neuen Ansatzpunkt. „Sie haben ein Faible für Asien?", fragte sie.

Herr Lüster bejahte. Und zeigte auf das Plakat an der Wand. Dort waren die Sieben japanischen Glücksgötter abgebildet. Sie sollten ihm Glück und Wohlstand bringen. So wie die Katze, die, je nachdem mit welchem Arm sie winkte, ebenso Wohlstand oder Glück bringen würde. Seine Katze war eine Glückskatze.

Lena fand, dass man nie genug Glück haben konnte.

„Ja, und wenn aus Glück Wohlstand würde, da hätte ich auch nichts dagegen", lächelte Herr Lüster.

„Ja sicher. Aber wie sollte das geschehen?", fragte sie.

„Nun", begann er. „Ich arbeite an meinem Glück. Das sollten Sie auch tun. Ich befrage die Götter und die Karten und meine geliebten Runensteine nach den richtigen Zahlen und dem richtigen Moment. Dann spiele ich Lotto. Regelmäßig, seit über zwanzig Jahren. Irgendwann werde ich dran sein, das weiß ich. Irgendwann werde auch ich einmal Glück haben!"

„Nun ja, die Wahrscheinlichkeit zu gewinnen ist ja sehr gering …"

„… aber nicht unmöglich!", unterbrach er sie. „Ich glaube daran. Eines Tages werde ich derjenige sein, der lacht, und nicht die anderen."

Lena konnte ihn in diesem Punkt nicht ganz ernst nehmen. Ein erwachsener Mann, der allen Ernstes sein

Leben lang darauf wartete, einmal den ganz großen Gewinn zu machen? Der offenbar sein Leben darauf ausrichtete? Das war vollkommen wahnsinnig! „Was machen Sie denn beruflich?", fragte Lena, um wieder über etwas Greifbares zu sprechen.

„Ich arbeite bei der RSO hier in Bruchsal. Wir stellen Maschinenteile her. Ich muss heute um 16 Uhr zur Spätschicht. Kein schlechter Job und die Schichtzulage ist gut."

„Sehr schön", stimmte Lena zu. Sie dachte nach. Das Gespräch nahm nicht den gewünschten Verlauf. Irgendwie musste Lena wieder zurück auf die Praxis und seinen Vater kommen. Sie fragte: „Wie sind Sie zu Doktor Prothop als Hausarzt gekommen? Ich meine, Sie wohnen ja in einer ganz anderen Gegend hier in Bruchsal?"

„Meine Eltern waren beide bei ihm. Zuerst bei seinem Vater, dann bei ihm. Deswegen war es nur natürlich, dass auch ich zu ihm gehe."

„Sie sagten, `waren´ bei ihm. Sind sie …?"

„Ja. Sie sind beide gestorben. Mein Vater vor fünf Jahren und meine Mutter vor zwei Monaten."

„Das tut mir leid."

„Danke. Vater hatte einen Herzinfarkt. Der Arzt war gerade bei einem Hausbesuch bei ihm. Voller Stolz wollte er ihm seine Schnitzereien in der Garage zeigen. Sie müssen wissen, mein Vater schnitzte gerne. Ganz tolle Skulpturen hatte er gemacht. Er und der Doktor hatten, soweit ich mich erinnere, ein sehr vertrautes Verhältnis zueinander gehabt. Ja, dann bekam er dort in der Garage den Herzinfarkt und der Arzt konnte nichts dagegen tun. Meine Mutter sollte den Rettungsdienst rufen, aber jede Hilfe kam zu spät. Doktor Prothop stellte den Totenschein aus." Er machte eine Pause. „So war das. Und ich war auf der Arbeit. Mutter verstarb an einem Schlaganfall im Schlaf. Das war ein schöner und schmerzloser Tod."

Lena war betroffen. Seine Geschichte machte sie traurig. Unweigerlich dachte sie an ihre Eltern. Wie einschneidend war es für sie gewesen, als ihr Vater damals starb. Sie konnte sich nicht mehr genau an ihn erinnern. Sie war erst drei Jahre alt gewesen. Aber ein tiefes Verlustgefühl hatte sie sehr wohl empfunden, so wie die dumpfe Gewissheit, dass sich von da an alles ändern würde. Dass ihre Mutter eines Tages sterben könnte, das schob sie weit weg von sich. Dabei war man nie vor dem Tod gefeit. Er kann uns alle jederzeit treffen, dachte sie.

„Ist alles in Ordnung?", fragte Herr Lüster.

„Ja, vielen Dank. Ich denke, ich muss nun gehen. Haben Sie vielen Dank für den Kaffee. Und entschuldigen Sie bitte die Störung."

Lena erhob sich. Sie gaben sich die Hand und Lena verließ die Wohnung.

8

Zu Hause fuhr Lena ihren Laptop hoch. Douglas würde in einer Stunde von der Arbeit kommen. So hatte sie noch etwas Zeit, um über Christian Frömel und Pascal Hohrmeister zu recherchieren. Sie blickte aus dem Fenster. Ihre Gedanken kreisten noch um den Besuch bei Herrn Lüster. Wie weltfremd er war und sein Leben auf einen Lottogewinn hin ausrichtete. Die Wahrscheinlichkeit, dachte sie, tatsächlich sehr viel Geld zu gewinnen, war sehr gering. Aus eigener Kraft konnte Herr Lüster offenbar nicht das Leben führen, das er sich wünschte. Dann fiel ihr dieser Brief ein. Er war an Herrn Lüster adressiert. Jemand gratulierte ihm zu irgendetwas. Es war ein offizieller Brief aus dem Jahr 2014 gewesen. Zu gerne hätte sie den Brief zu Ende gelesen. Sie hatte zwar eine vage Vorstellung davon, was dringestanden haben könnte. Aber so wie es sich darstellte, musste sie sich irren.

Der Laptop war bereit. Sie öffnete das Internet und gab zuerst Christian Frömel in die Suchmaschine ein. Eine Telefonnummer war nirgends zu finden. Aber es gab bei Google einen Eintrag, in dem ein Christian Frömel im Zusammenhang mit einer katholischen Kirchengemeinde genannt wurde. Er war Organist gewesen und hatte 2018 ein weihnachtliches Kirchenkonzert begleitet. Laut des Artikels hatte das Konzert anlässlich des fünfzigsten Kirchenjubiläums stattgefunden. Es gab auch ein Foto, auf dem er an der Orgel und hinter ihm der Kirchenchor abgebildet war. Lena entschied, bei der Gemeinde anzurufen und seine Nummer zu erfragen. Zuvor überlegte sie genau, was sie am Telefon sagen wollte, um glaubwürdig zu erscheinen. Als Grund für ihre Anfrage wollte sie angeben, Verbindung mit ihm aufnehmen zu wollen, weil 2021 ein Klassentreffen geplant wäre und sie im Laufe der letzten Jahre seine Kontaktdaten verloren hatte. Sie wählte die Telefonnummer des Pfarrhauses, die auf der Homepage der Gemeinde zu finden war. Eine Frau mit einer leisen Stimme nahm ab. Lena erklärte den Grund ihres Anrufes, was die Frau noch stiller werden ließ. Betroffen erklärte diese, dass Herr Frömel gestorben war. Sie konnte ihr nicht weiterhelfen und wollte das Gespräch umgehend beenden. Lena ließ sich jedoch nicht abwimmeln. Sie tat so, als ob sie sehr betroffen wäre und bat um die Nummer seiner hinterbliebenen Frau. Lena gab die spontane Idee vor, an dem Klassentreffen seiner gedenken zu wollen. Sie könnten Bilder von ihm aufstellen, sodass alle ehemaligen Mitschüler die Möglichkeit bekommen würden, gebührend von ihm Abschied nehmen zu können. Diese könnte sie zusammen mit seiner Frau aussuchen.

Am anderen Ende wurde es still. Lena wartete ab. Schließlich bekam sie die Telefonnummer seiner Frau mit der Bitte, diese vertraulich zu behandeln. Lena bedankte sich herzlich und legte auf.

Als nächstes suchte Lena nach Pascal Hohrmeister. Bei ihm hatte sie mehr Glück, denn es gab im Internet einen Eintrag mit seinem Namen. Lena entschied, zuerst bei ihm anzurufen.

Sie wählte die Nummer. Eine Frau mit scharfer Stimme nahm ab: „Hohrmeister?"

Lena stellte sich freundlich als medizinische Fachangestellte von Doktor Prothops Praxis vor. „Ich rufe an", begann sie professionell, „weil ich Ihnen mitteilen möchte, dass der Doktor leider vor kurzem verstorben ist und wir alle Patienten, die noch bei ihm gelistet sind, darüber informieren müssen. Sie müssen sich eine neue Hausarztpraxis suchen. Sobald Sie diese gefunden haben, werden wir Ihre Daten an den neuen behandelnden Arzt weitergeben." Eine unangenehme Pause entstand. Sie hoffte, dass Frau Hohrmeister ebenfalls bei ihm Patientin gewesen war.

„Natürlich habe ich mich nach dem Tod meines Mannes um einen anderen Hausarzt bemüht!", begann Frau Hohrmeister schroff. „Dass Sie darüber nichts wissen, wundert mich nicht. Der Arzt ist also tot? Gut, dann können wir unsere Anzeige ja zurückziehen. Er war unfähig und unprofessionell!" Plötzlich wich die Schärfe aus ihrer Stimme. Lena vernahm nun Bitterkeit und Resignation: „Hätte er die kalte Lungenentzündung erkannt, dann würde mein Mann noch leben. Das wäre einfach zu behandeln gewesen. Aber er hatte kein Interesse an seinen Patienten. Sie waren ihm egal. So wie mein Mann ihm egal war. Ich bin nicht traurig über seinen Tod. Warum soll er leben dürfen? Entschuldigen Sie mich. Ich habe kein Interesse an Ihrem Anruf." Dann legte sie auf.

Lena fühlte sich schlecht. Mit einer derartigen Reaktion hatte sich nicht gerechnet. Frau Hohrmeister hatte ihren Onkel angezeigt. War er schuld, dass Herr Hohrmeister nicht mehr lebte? Es war vielleicht nicht, wie Monika und Lydia im Restaurant erzählt hatten, ein leichter Behandlungsfehler, der sachlich richtig, nachvollziehbar und jedem anderen auch so hätte passieren können. Sondern es war womöglich ein

Fehler, der aus Flüchtigkeit und Desinteresse geschah und ein Menschenleben gekostet hatte. Ein dumpfes Gefühl machte sich in ihr breit. Das warf ein anderes Licht auf die Gewissenhaftigkeit ihres Onkels.

Lena entschied, eine Pause zu machen, bevor sie das nächste Telefonat in Angriff nahm. Gerade, als sie sich den Kaffee aufgoss, klingelte das Telefon. Sie atmete tief durch. Dann nahm sie ab. Ihre Mutter war dran und erzählte erschöpft: „Lena, ich habe, seitdem Magnus auf mich eingeschlagen hat, unheimliche Schmerzen beim Atmen. Heute früh habe ich es nicht mehr ausgehalten und bin zu meinem Arzt gegangen. Eine Rippe ist gebrochen, ich habe eine Prellung im unteren Wirbelsäulenbereich und mehrere Blutergüsse über den ganzen Körper verteilt. Er wollte wissen, woher ich die Verletzungen habe. Da brach es aus mir heraus. Ich musste weinen und erzählte ihm alles. Er hat mir dringend geraten, umgehend zur Polizei zu gehen, um Magnus anzuzeigen. Gerne würde er ein Gutachten schreiben. Ich willigte ein. Er rief mir ein Taxi für den Weg zur Polizei. Lena, ich habe Magnus angezeigt! Wegen schwerer Körperverletzung!" Sie fing an zu weinen.

„Das hast du gut gemacht, Mama. Du musstest es tun. Wo ist Magnus jetzt?"

„Ich weiß es nicht. Die Polizei fahndet nach ihm. Das wird er mir nie verzeihen!"

Lena brauste auf: „Es ist egal, ob er es dir verzeiht oder nicht! Denk doch daran, was er dir angetan hat. Dafür muss er zur Rechenschaft gezogen werden! Ich finde es richtig, dass du ihn angezeigt hast. Ich halte zu dir. Er kann dir nun nicht mehr wehtun."

Es dauerte eine Weile, bis sich Claudia von Lena beruhigen ließ. Sie hatte Schuldgefühle, weil sie gegen Magnus und für sich gehandelt hatte. Wie infam war es, dass Magnus jahrelang ihr die Schuld an seiner Aggressivität gegeben und sie es eines Tages selbst geglaubt hatte. Claudia würde nun aus dem Teufelskreis ausbrechen und Lena wollte sie darin unterstützen, so gut sie es konnte. Sie beendeten das Telefongespräch. Arme Mutter, dachte Lena. Aber sie musste lernen, ihr Leben nun selbst in die Hand nehmen und auf eigenen Beinen zu stehen.

Nachdem sie einige Minuten vor sich hingestarrt hatte, entschied sie sich, nun bei Christian Frömels Frau anzurufen.

„Ja bitte?", fragte eine warme, weibliche Stimme.

„Spreche ich mit Frau Frömel?"

„Ja, das bin ich. Was kann ich für Sie tun?"

Lena erklärte, wie bereits zuvor bei dem Telefonat mit Frau Hohrmeister, dass Doktor Prothop gestorben war und sie nun die Patienten darüber informieren sollte, mit der Bitte, sich ab sofort einen neuen Hausarzt zu suchen.

Betroffen sagte Frau Frömel: „Das tut mir sehr leid für den Doktor. Wirklich, es erschüttert mich. Ich mochte ihn sehr. Er war noch nicht sehr alt, oder? An welcher Krankheit ist er denn so plötzlich verstorben?"

Lena überlegte. Sollte sie ihr erzählen, dass ihr Onkel ermordet worden war? Sie zögerte. „Es war nicht krank. Er ist … gewaltsam zu Tode gekommen."

„War es ein Unfall?"

„Nein, Mord."

„Oh, das ist schrecklich!"

Lena war erstaunt. Frau Frömel schien sehr berührt zu sein.

„Er war ein sehr gewissenhafter Arzt", fuhr sie fort, „der unser vollstes Vertrauen genoss. Er hatte sich so liebevoll um Christian, meinen Mann, gekümmert. Ich weiß, dass er alles unternahm, was in seiner Macht stand, um ihm zu helfen. Leider gab es keine Rettung für ihn. Mein Mann starb mit nur 32 Jahren an einem angeborenen Herzfehler, müssen Sie wissen. Es war auch für Doktor Prothop schwer gewesen, den

Totenschein auszustellen und Herzversagen als Todesursache einzutragen. Ich sah es in seinen Augen, wie traurig er war. Ich werde nie vergessen, was er für uns getan hat."

Lena fragte sich, wofür Frau Frömel so dankbar war? Ihr Mann war trotz der Behandlung ihres Onkels gestorben. Sie konnte ihre Beweggründe nicht nachvollziehen.

„Sie halten viel von dem Arzt", stellte Lena fest, „obwohl Ihr Mann gestorben ist?"

„Aber ja. Sehen Sie, es war nicht seine Schuld. Natürlich trauere ich um den Verlust. Aber es gibt eine übergeordnete Macht, die unser Schicksal lenkt. Christians Zeit war abgelaufen. Daran halte ich fest. Gott rief ihn zu sich, weil er Größeres mit ihm vorhatte. Jeder hat eine Vorbestimmung und eine Aufgabe im Leben. Und wenn diese erfüllt ist, dann darf man ins ewige Leben übertreten. Ich bin traurig für mich, aber ich freue mich für ihn. Er ist jetzt bei Gott", schloss sie ihre Erklärung.

Lena wurde still. Ihr Glaube hatte Frau Frömel Zuversicht und Trost gespendet. Sie war peinlich berührt und machte sich Vorwürfe, Frau Frömel angerufen zu haben, weil sie gedacht hatte, sie könne etwas mit dem Tod ihres Onkels zu tun haben. Demütig verabschiedete sie sich und bedankte sich für ihre Aufmerksamkeit.

Frau Frömel hatte bestimmt nichts mit dem Mord an ihrem Onkel zu tun, sagte sie sich. Dann stand sie auf. Sie musste über die Telefongespräche und den Besuch bei Herrn Lüster nachdenken. Welche Erkenntnisse hatte sie gewonnen? Nachdenklich ging sie auf und ab. Letztendlich konnte sie bei keinem der drei einen Beweggrund oder ein wahres Mordmotiv erkennen. Ihre Aktion war umsonst gewesen, worüber sie sich sehr ärgerte.

Die Tür öffnete sich und Douglas kam herein. Sie bat ihn, sich mit ihr auf die Couch zu setzen. Detailliert beschrieb sie die einzelnen Schritte, die sie am Vormittag unternommen hatte. Douglas war nicht sehr erfreut. Seiner Meinung nach war es fahrlässig und gefährlich, in eine fremde Wohnung einzutreten. Auch nichtsahnende Menschen am Telefon anzulügen, um an Informationen zu gelangen, war seiner Meinung nach falsch. In Zukunft wollte er immer dabei sein, wenn sie derartiges vorhatte. Oder besser noch, sie solle es der Polizei überlassen und damit aufhören, selbst den Ermittler zu spielen.

Für den heutigen Tag beließ sie es dabei. Sie ging mit Douglas gemeinsam ins Kino. Sie hatte es ihm ja einige Tage zuvor fest versprochen.

Es war Samstagvormittag. Lena saß mit Douglas beim zweiten Frühstück. Die letzten beiden Tage hatte sich nichts ereignet. So wie es Douglas wollte, hatte sie keine weiteren Schritte unternommen. Doch ihre Gedanken und das ständige Grübeln konnte sie nicht abstellen. Unentwegt dachte sie über den Mord nach. Wenn es kein Patient war, der sich für irgendetwas rächen wollte und davon ging Lena aus, denn Monika und Lydia waren nur die drei Fälle bekannt, dann musste es einen anderen Grund für den Mord gegeben haben. Welchen allerdings, konnte sie sich nicht vorstellen.

Da klingelte es an der Tür. Sie öffnete. Es durchfuhr sie heiß und kalt, als sie sah, wer draußen stand. Es war Hauptkommissar Verholsten. „Darf ich hereinkommen?", fragte er.

Sie führte ihn ins Wohnzimmer, wo Douglas inzwischen auf der Couch saß.

„Sie haben zu der Witwe von Pascal Hohrmeister Kontakt aufgenommen?", begann er anklagend ohne auf Douglas zu achten.

„Das ist wahr", gab sie kleinlaut zu.

„Wieso haben Sie das getan? Sie vermuten doch nicht etwa, dass diese Frau etwas mit dem Mord zu tun haben könnte?"

„Nun, es gab bei Herrn Hohrmeister einen Behandlungsfehler meines Onkels. Es hätte ja durchaus sein können …"

„Das ist nicht Ihre Aufgabe! Wir kümmern uns um diese Angelegenheit. Hören Sie auf Detektiv zu spielen. Das kann sehr gefährlich sein und böse enden!"

„Jawohl, Herr Hauptkommissar. Ich wollte nur helfen, aber ich werde sofort damit aufhören." Sie blickte Douglas an, dem der Hauptkommissar direkt aus dem Herzen sprach.

„Das möchte ich Ihnen auch geraten haben! In diesem Sinne, passen Sie gut auf sich auf."

Damit verließ er die Wohnung. Douglas unterstrich nochmals Herrn Verholstens Aussage und dachte, dass damit Lenas eigenmächtige Suche nach dem Mörder vorbei wäre. Doch Lena fühlte sich beflügelter denn je. Sie überlegte, dass sie auf der richtigen Fährte gewesen sein musste, denn der Hauptkommissar hatte auch Kontakt zu Frau Hohrmeister aufgenommen. Sie hatten den gleichen Gedanken gehabt. Sollte sie nochmals das Gespräch mit ihr suchen? Sie könnte ihr einen Besuch abstatten. Frau Hohrmeister hatte ihren Onkel angezeigt. Vielleicht war die Verletzung so groß, dass sie das Verfahren nicht abwarten konnte und eigenmächtig aktiv geworden war? Dann dachte sie an den

Hauptkommissar. Er hatte ihr verboten, weitere Ermittlungen anzustellen. Er würde es sicher bemerken, wenn sie nochmals mit der Witwe redete. Sie entschied, vorerst nichts weiter in diese Richtung zu unternehmen, aber Frau Hohrmeister im Hinterkopf zu behalten. Sie wollte zuerst einen anderen Ansatzpunkt verfolgen.

Lena überlegte ihre nächsten Schritte. Sie brauchte Ruhe. Douglas musste irgendwie die Wohnung verlassen. Liebevoll bat sie ihn, ob er nicht etwas Leckeres zum Mittagessen einkaufen gehen könnte. Im Gegenzug dazu würde sie die Wohnung aufräumen. Douglas war einverstanden, denn Aufräumen gehörte nicht zu seinen bevorzugten Tätigkeiten. Er nahm bereitwillig zwei große Einkaufstaschen und verließ kurz danach die Wohnung.

Sofort startete Lena ihren Laptop und googelte einen weiteren Namen. Unbedingt wollte sie auch dieser Spur nachgehen. Wenige Augenblicke später, hatte sie die gewünschte Telefonnummer. Sie wählte und wartete bis sich jemand meldete: „Ja bitte?", hörte sie.

„Frau Schutzleitner?"

„Ja, Schutzleitner hier."

„Ich bin die Nichte von Frank Prothop. Er wurde ermordet, wie Sie sicher schon gehört haben. Ich habe zufällig ein kurzes Telefonat zwischen Ihnen beiden mit angehört. Und nun wollte ich Sie fragen: In welchem Verhältnis standen Sie zu ihm?"

9

„Ich verstehe nicht ganz", fragte Frau Schutzleitner irritiert. „Sie sagen, Sie sind seine Nichte?"

„Ja, Lena Kraich ist mein Name. Ich arbeitete in seiner Praxis. Und dort habe ich den Beginn des Gespräches mit angehört."

„Ich wüsste nicht, was Sie das angehen sollte?", stellte Frau Schutzleitner fest. „Aber bitte, wenn es Sie interessiert: Er war mein Arzt und ich war bei ihm wegen eines drohenden Burnouts in Behandlung. Ich arbeite hart und habe seit einigen Wochen Erschöpfungszustände. Ich hoffe, Sie behalten diese Information für sich. Dass er ermordet wurde, hat man mir berichtet. Es stand auch in der Zeitung. Es tut mir sehr leid für Sie und seine Familie."

Lena hakte noch einmal nach: „Sie hatten also keinen weiteren persönlichen Kontakt zu ihm, außer in den Sprechstunden?"

Frau Schutzleitner verneinte: „Er war mein Arzt, mehr nicht." Nach einer Pause fügte sie hinzu: „Ich möchte gerne wissen, was Sie mit dieser Frage überhaupt andeuten wollen? Wenn ich sie richtig interpretiere, dann erwägen Sie tatsächlich die Möglichkeit, dass ich etwas mit seinem Tod zu tun haben könnte? Sehe ich das richtig?"

Lena wusste nicht, was sie darauf sagen sollte. Frau Schutzleitner sprach unbeirrt weiter: „Sie sind nicht in der Position, eine derartige Anschuldigung formulieren zu dürfen. Ich werde das Gespräch nun beenden und ich rate Ihnen, achten Sie auf das, was Sie sagen und tun! Sonst werde ich Sie wegen Verleumdung anzeigen! Es wirft ohnehin kein gutes Licht auf Sie, dass Sie private Gespräche belauschen. Auf Wiederhören."

Lena legte ihr Handy zur Seite. Sie war für einen Moment sprachlos. Frau Schutzleitner hatte Recht. Sie war keine Polizistin oder Detektivin. Sie hatte im Grunde kein Recht, Fragen zu stellen.

Ihr Handy klingelte. Missgelaunt nahm sie ab. Es war Sabine. Lena solle umgehend zu ihr kommen und bitte auch über Nacht bleiben. Heute war der Abend der Geldübergabe. Die Kommissare würden am Nachmittag alle Details mit ihr besprechen. Um 24 Uhr sollte sie dann das Geld auf die Stufen des Belvederes legen. Lena versprach, zu ihr zu kommen. Jedoch musste sie noch auf Douglas warten. Es bestand die Möglichkeit, dass er eventuell mitkommen wollte. Für Sabine war es in Ordnung. Hauptsache, sie war nicht allein.

Douglas kam vom Einkaufen zurück. Dass Lena noch nicht aufgeräumt hatte, bemerkte er sofort. Sie fiel ihm um den Hals und versprach, sich später um die Wohnung zu kümmern. Zügig packte er seine Einkaufstaschen aus und fing mit den Vorbereitungen für das Mittagessen an. Er wollte einen frischen Salat zubereiten und dazu würzigen Halloumi-Käse anbraten. Lena bedankte sich und setzte sich auf einen Küchenstuhl. Sie beobachtete ihn eine Weile. Dann fragte sie: „Sabine hat angerufen. Ich soll später zu ihr kommen und über Nacht bei ihr bleiben. Möchtest du mitkommen?"

„Warum will sie, dass du über Nacht bleibst?"

„Es geht um die Geldübergabe heute Abend. Sie hat wahrscheinlich Angst, alleine zu sein und braucht jemanden zum Reden."

„Ich sagte doch, dass du dich da raushalten solltest!"

„Sabine rief mich an. Es geht ihr nicht gut. Sie braucht Hilfe."

Douglas seufzte. „Ist die Polizei auch da?"

„Ja, ich denke schon. Sie überwachen das Ganze und sie hoffen, heute Nacht den Erpresser stellen zu können."

Douglas dachte nach. „Ich habe keine große Lust, bei Sabine zu übernachten, nach allem, was du über sie erzählt hast. Ich finde es auch dreist von ihr, zu meinen, dass sie über dich verfügen kann, wie und wann sie es will. Aber bitte, wenn du unbedingt willst, kannst du zu ihr gehen. Wenn die Polizei da ist, dann gibt es keine Gefahr für dich, oder?"

„Ja, es ist alles ganz sicher."

„Dann muss ich also nicht mitgehen und auf dich aufpassen? Und du hältst dich auch wirklich zurück, was Recherchen im Alleingang anbelangt?"

Lena nickte zustimmend. Sie wolle nur als seelischer Beistand in Sabines Nähe sein. Entgegen seiner Ankündigung, sie ab sofort überall hin begleiten zu wollen, entschied er, sie alleine gehen zu lassen.

Gegen 15 Uhr stand Lena vor Sabines Haus. Sabine öffnete die Tür. Ihr Gesicht erhellte sich, als sie Lena sah. Dann blickte sie sich unsicher um und bat Lena schnell hereinzukommen. Seit Tagen war Sabine nicht mehr aus dem Haus gegangen, aus Angst, es könne auch ihr etwas widerfahren. Sie vermutete hinter jeder Ecke den Mörder. Es musste jemand sein, den sie kannte, mutmaßte sie. Jemand, der Einblicke in die Familie hatte. Wer sonst würde Frank umgebracht haben? Sie konnte es sich nicht anders erklären. Und eben diese Vorstellung verunsicherte sie zutiefst.

Lena fragte zögerlich: „Gibt es denn innerhalb der Familie, wie soll ich das sagen, Unstimmigkeiten oder Geheimnisse, die ein Motiv für den Mord sein könnten?"

Sabine bekam es mit der Angst zu tun: „Aber nein, wo denkst du hin? Nicht, dass ich wüsste."

Lena konnte Sabines Angst nicht richtig nachvollziehen. Wenn es innerhalb der Familie keine Probleme gab, dann hatte sie auch nichts zu befürchten, dachte sie.

„Und der Erpresser?", fragte Lena. „Hast du eine Idee, wer das sein könnte?"

Sabine überlegte. Der Erpresser müsste ihrer Meinung nach in der Nähe zu finden sein. Jemand, der auf das Haus blicken konnte. „Er hörte vielleicht den Schuss. Dann schaute er aus dem Fenster und sah den Mörder aus dem Haus kommen."

„Ein Nachbar also?"

„Ja, vielleicht. Ich traue keinem hier. Und wir hatten auch keinen näheren Kontakt, zu niemandem in der Nachbarschaft."

„Hast du der Polizei von deiner Idee erzählt?", wollte Lena wissen.

„Aber nein! Es sind doch nur meine Vermutungen. Es heißt ja nicht, dass sie stimmen müssen. Und ich will keinen Ärger verursachen!"

Für Lena klangen ihre Überlegungen schlüssig. Der Erpresser musste zumindest jemand sein, der am Mordabend in der Nähe war und etwas gesehen hatte.

„Wann kommt die Polizei?", fragte Lena.

„Überhaupt nicht. Der Hauptkommissar ruft gegen 17 Uhr an. Er will mir dann genaue Anweisungen geben. Der Erpresser darf keinen Verdacht schöpfen und nicht wissen, dass die Polizei eingeschaltet wurde."

„Und das Geld?"

„Es gibt kein Geld. Es werden Papierscheine als Köder in die Tüte gelegt."

Lena nickte. Die Polizei würde am besten wissen, wie man vorzugehen hatte. Dann wechselte sie das Thema und fragte nach Samuel. Sabine wurde unruhig. Samuel hatte sich seit dem Mord an Frank sehr verändert. Er war ihr gegenüber noch verschlossener als sonst. Und er war nervös und angespannt. Vorgestern Abend hörte sie ihn in seinem Zimmer weinen.

„Das ist doch klar", tröstete Lena. „Natürlich ist er traurig. Er hat seinen Vater verloren und muss diesen Schock verarbeiten. Hatte er denn ein gutes Verhältnis zu ihm gehabt?"

Sabine lächelte. Dann erzählte sie von Franks zugewandter Art Samuel gegenüber. Ihr Verhältnis war vertraut und Samuel hatte stets zu ihm aufgeblickt. Wenn Samuel ein Problem hatte, dann ging er damit zu Frank. Er hatte seinen Vater sehr geliebt.

„Eben deshalb ist es wichtig, dass du ihm Zeit gibst."

Nach einer Pause bemerkte Sabine: „Du bist außergewöhnlich klug und reif für dein Alter."

Lena war diese Bemerkung peinlich. Aber es stimmte vielleicht, überlegte sie. In der Rückschau hatte sie immer ältere Freunde gehabt und sich meist an den Erwachsenen orientiert.

Die Zeit verrann nur langsam. Lena und Sabine saßen sich im Wohnzimmer gegenüber. Sabine hatte in der Zwischenzeit wieder aufgeräumt und die Schränke und Vitrinen in den alten Zustand gebracht. Einzig der fehlende Teppich verriet, dass sich hier etwas Schreckliches zugetragen hatte.

Es war still im Haus. Man konnte die große Standuhr ticken hören. Sabine war in ein Buch vertieft und Lena surfte mit ihrem Handy im Internet.

Pünktlich um 17 Uhr klingelte das Telefon. Sabine legte ihr Buch zur Seite und nahm ab. Sie begrüßte Hauptkommissar Verholsten. Er instruierte sie detailliert, sie bestätigte, alles verstanden zu haben. Anschließend legte sie wieder auf.

„Und, wie soll die Übergabe nun stattfinden?", fragte Lena interessiert.

„Ich soll mit dem Auto eine Viertelstunde vor der Übergabe auf den Parkplatz der Käthe-Kollwitz-Schule fahren und es dort abstellen. Das berufliche Gymnasium befindet sich in der unmittelbaren Umgebung zum Stadtgarten. Dort soll dann ein weißer Audi stehen, auf dessen Motorhaube eine rote Tüte liegen wird. Diese soll ich nehmen und zum Belvedere laufen. Dort angekommen soll ich die Tüte auf die Stufen legen. Ich darf nicht warten, sondern soll gleich danach wieder nach Hause fahren. Der Kommissar und seine Leute werden mich dabei beobachten und beschützen. Ein großes Aufgebot an Polizisten wird rund um das Belvedere im Stadtgarten versteckt sein. Wenn der Erpresser das Geld abholen will, wird er gefasst werden. So ist der Plan."

„Das klingt gut", fand Lena. „Hauptsache, du passt auf dich auf und sie sorgen dafür, dass dir nichts passiert. Wenn du willst, dann fahre ich mit dir mit und warte während der Übergabe an der Schule."

Sabine war froh über Lenas Anwesenheit. Sie wollte unbedingt, dass Lena mitkam.

Nach dem Abendessen wollte sich Sabine noch etwas ausruhen. Sie legte sich auf die die Couch, um ihre Nerven zu beruhigen. Samuel war in seinem Zimmer. Lena saß am Esszimmertisch. Es war eine ruhige, aber angespannte Stimmung. Irgendwie hatte sich Sabine seit ihrem ersten Zusammentreffen verändert, dachte Lena. Anfänglich sah sie in Sabine eine distanzierte Arztfrau. Und nun schien sie Angst zu haben. Sie war hilflos und offenbar sehr einsam. Vielleicht war es nur eine kühle Maske, eine Fassade, die Sabine zum Schutz aufgesetzt hatte, um ihre wahren Gefühle zu verbergen?

Auch Lena wurde müde. Sie stellte den Wecker auf ihrem Handy auf viertel vor zehn, setzte sich in einen Sessel und schloss die Augen. Sie konnte jedoch nicht einschlafen. Zu aufgeregt war sie und ihre Gedanken an das, was passieren sollte, ließen sie nicht los. Dieses Gefühl erinnerte sie an ihre Kindheit. Es war vergleichbar mit der Angespanntheit, die sie an

Weihnachten kurz vor der Bescherung hatte. Sie war aufgewühlt und ihr Körper war voll Adrenalin.

Schließlich klingelte der Wecker. Lena berührte Sabine am Arm. Sabine öffnete ihre Augen und blickte Lena eindringlich an. Jetzt war es soweit. Langsam stand Sabine auf. „Ich brauche einen Kaffee", sagte sie. „Es wird eine lange Nacht. Möchtest du auch einen?"

Lena nickte und beide gingen in die Küche. „Ich werde heute Nacht auf jeden Fall so lange aufbleiben, bis sich der Hauptkommissar bei mir meldet und verkündet, wer der Erpresser war", erklärte Sabine.

Während sie zwei Kaffee aus dem Automaten ließ, sprach sie weiter: „Ich hoffe, dass ich dann besser schlafen kann. Es muss jemand sein, der in der Nähe wohnt. So muss es sein! Ich fühle mich schon seit Tagen beobachtet. Ich wähne schon fast krankhaft hinter jedem Fenster jemanden, der mein Leben ausspäht. Das ist sehr unangenehm."

Da fiel Lena ein, dass sie bei einem der letzten Male, als sie Sabine besuchte, auch das Gefühl hatte, beobachtet zu werden.

„Hier, dein Kaffee." Sabine reichte Lena ihre Tasse. Sie trank einen Schluck und sagte: „Ich gehe noch zu Samuel hoch und wünsche ihm eine gute Nacht. Ich hoffe, es macht ihm nichts aus, dass er später alleine im Haus ist."

„Soll ich bei ihm bleiben?"

„Nein!", bestimmte Sabine. „Ich brauche dich bei mir. Sonst schaffe ich das nicht. Es ist schrecklich genug, dass ich in der Nacht alleine durch den Stadtgarten laufen muss."

Die Tatsache, dass sie dabei durch die Polizei beobachtet würde, beruhigte sie offenbar nicht.

Nachdem sich Sabine bei Samuel verabschiedet hatte, zogen sie sich an und beide verließen das Haus.

„Was ist, wenn uns der Erpresser zusammen sieht?", fragte Lena besorgt.

„Du bist keine Polizistin. Wenn er uns jetzt tatsächlich beobachtet, dann wird er bereits wissen, wer du bist." Schnell stiegen sie in Sabines Auto ein und fuhren los.

Während der Fahrt wurde nur wenig gesprochen. Sie fuhren auf direktem Weg zur Käthe-Kollwitz-Schule. Dort angekommen sahen sie auf dem Parkplatz den weißen Audi stehen. Es war so, wie Hauptkommissar Verholsten gesagt hatte. Auf der Motorhaube lag eine rote Tüte. Sabine parkte den Wagen. Sie flüsterte: „Ich hoffe, ich schaffe das. Denk an mich!" Dann fasste sie Lena am Arm und stieg aus.

Sabine nahm die rote Tüte und schaute hinein. Daraufhin nickte sie Lena zu und verschwand in der Dunkelheit. Lena holte einen Kaugummi aus ihrer Tasche. Er würde sie beruhigen. Dann rief sie Douglas an und erzählte, dass Sabine gerade das Geld hinterlegen würde. Sie müsse in zehn, maximal fünfzehn Minuten wieder zurück sein. Sie wolle nur Bescheid geben und könne nicht so lange telefonieren. Douglas bat, dass sie ihn danach unbedingt anrufen solle, egal wie spät es werden würde. Daraufhin legten sie auf. Es war eine kalte und ungemütliche Nacht. Lena hoffte, dass alles glatt lief. Sie schaute auf ihre Uhr. Es war Mitternacht. Sie wartete. Gleich würde Sabine zurückkommen. Sie schaute sich um. Nirgends sah man die Polizisten, die heimlich auf sie aufpassten. Es war alles sehr gut organisiert, dachte sie.

Dann hörte sie Schritte. Es war Sabine, die zurückkam. Schnell stieg sie ein und startete den Wagen. Auf die Frage, wie es gelaufen war, antwortete Sabine: „Es war furchtbar, allein durch den dunklen Stadtgarten zu laufen. Als ich zum Belvedere kam stand dort eine Gruppe Jugendlicher, die sich lautstark unterhielten. Ich dachte: Das darf doch nicht wahr sein! Was soll ich tun? Ich wartete ein paar Minuten in der Dunkelheit. Dann bemerkte ich, dass sie gerade dabei waren, sich zu verabschieden. Sie schmissen ihre Bierdosen auf den Boden und liefen zu ihren Motorrädern. Kurze Zeit später waren sie verschwunden. Ich sah mich um. Niemand war da. Keine Polizei und auch kein Erpresser. Dann legte ich die Tüte auf die Stufen und lief, so schnell ich konnte, zurück."

Eine Viertelstunde später kamen sie wieder am Weiherberg an. Sie öffneten die Tür und traten ins Haus. Von Samuel war nichts zu hören. Er schlief bereits. Jetzt hieß es abwarten, bis sich Hauptkommissar Verholsten melden würde. Lena setzte sich auf einen Stuhl und Sabine ging auf und ab. Sie hatte alles getan, was in ihrer Macht stand. Mehr hätte sie nicht tun können!

„Was geschieht eigentlich, wenn der Erpresser geschnappt wurde?", wollte Lena wissen.

Sabine schaute Lena verständnislos an.

„Ich meine", fuhr Lena fort, „wenn sie ihn haben, was geschieht dann?"

„Dann wird er dafür bestraft werden, hoffentlich!", befand Sabine. "Erpressung ist eine Straftat."

„Ich meine das anders. Er glaubt offenbar einen Grund zu haben, dich erpressen zu können. Wird er ihn benennen und jemanden damit belasten?"

Sabine lief rot an. Sie konnte nicht verstehen, wie Lena so etwas sagen konnte! Sie hatte nichts zu verbergen. Es konnte nicht sie oder Samuel betreffen. Vielleicht hatte

Frank ein dunkles Geheimnis gehabt, das jetzt und heute ans Licht kommen würde, überlegte sie.

Lena nickte. Dann wurde es still. Gegen halb zwei Uhr nachts klingelte es an der Tür. Sabine schaute Lena aufgeregt an. Es musste Hauptkommissar Verholsten sein. Sie hatten zuvor vereinbart, dass er zu ihnen kommen würde, wenn die Aktion beendet war. Nun würde er ihnen den Erpresser präsentieren. Sabine öffnete die Tür. Hauptkommissar Verholsten blickte müde drein. „Der Erpresser hat die Tüte nicht abgeholt", sagte er matt. „Stattdessen hat er Ihnen eine Nachricht geschrieben." Er hielt ein zusammengefaltetes Blatt in den Händen. „Es lag auf der Türschwelle." Er öffnete es und las: „Ich sagte, keine Polizei! Morgen wird das Vögelchen singen!"

10

Sabine schaute den Hauptkommissar entgeistert an. Auf die Frage, ob er einen Augenblick hineinkommen könnte, führte sie ihn ins Wohnzimmer. „Ich weiß wirklich nicht, was das zu bedeuten hat", überlegte Sabine. „Ich meine, welche belastende Informationen könnte er denn der Polizei weitergeben wollen?"

„Sagen Sie es mir."

„Ich? Aber ich habe überhaupt keine Ahnung!"

„Sie bleiben bei der Aussage, dass Sie und Ihr Sohn sich am Mordabend in Ihrem Ferienhaus in Heidelberg aufhielten?"

Sabine bestätigte es eindringlich.

Hauptkommissar Verholsten überlegte: „Der Erpresser scheint Sie beobachtet zu haben. Vielleicht wurde Ihre Telefonleitung gehackt. Er muss genau wissen, was in diesem Haus vor sich geht, ebenso wer kommt und wer es verlässt. Frau Prothop, es war sicherlich nicht dienlich, dass Frau Kraich mit Ihnen zum Stadtgarten gefahren ist. Vielleicht ist er Ihnen gefolgt und hat unseren Plan durchschaut? Der Erpresser ist nicht dumm, sieht die rote Tüte auf dem Auto liegen, zählt eins und eins zusammen und zieht sich zurück. Bitte, verhalten Sie sich die nächsten Tage ruhig." Er blickte auf das Blatt Papier: „ˋMorgen wird das Vögelchen singenˊ, schreibt er. Nun, wir werden darauf vorbereitet sein. Vielleicht wird es uns gelingen, ihn über Telefonortung ausfindig zu machen. Wenn er uns telefonisch kontaktiert. Schreibt er eine anonyme Mitteilung, wird das Ausfindigmachen schwierig werden. Aber wir tun alles, was in unserer Macht steht, um den Mord und die Erpressung aufzuklären. Es ist spät. Schlafen Sie wohl. Wir werden uns bei Ihnen melden."

Er behielt die Nachricht und verließ das Haus.

Sabine war sprachlos. Die Frage, ob sie mit Lena darüber sprechen wolle, verneinte Sabine. Sie musste jetzt alleine sein und ihre Gedanken ordnen. Am Nachmittag hatte sie für Lena das Gästezimmer vorbereitet. Dort würde sie alles Nötige finden. Sie wünschte Lena eine ruhige Nacht und ging die Treppe hinauf.

Nachdem Lena Douglas angerufen und ihm alles berichtet hatte, löschte sie das Licht.

Spät am Vormittag kam Lena die Treppe hinunter. Sabine und Samuel saßen am Frühstückstisch. Sie war gerade dabei, ihm von der nächtlichen Nachricht des Erpressers zu berichten. Er blickte ängstlich drein, wagte aber nichts darauf zu sagen. Nachdem er sein Brötchen aufgegessen hatte, fragte er, ob er in sein Zimmer gehen dürfe. Sabine erlaubte es und Samuel verschwand im oberen Stock.

„Hat sich die Polizei schon gemeldet?", wollte Lena wissen.

„Bisher noch nicht", antwortete Sabine und machte eine ablehnende Geste. „Und ich will es auch gar nicht wissen. Von mir aus kann alles so bleiben, wie es ist. Frank ist tot. Das ist nicht zu ändern. Egal, wie sich die Polizei auch anstrengt, sie wird ihn nicht mehr lebendig machen können. Und der Erpresser ist mir auch egal!"

Lena beobachtete sie. Sabine war gerade dabei, alles zu verdrängen. Sie hoffte offenbar, dass nicht noch etwas Schlimmeres passierte. Aber sie konnte die Entwicklung nicht aufhalten. Die Polizei war mitten in ihren Ermittlungen. Irgendwann würden der Mörder und der Erpresser gefunden werden und Sabine musste sich der Realität stellen.

Lenas Handy klingelte. Es war eine unbekannte Nummer. Sie entschuldigte sich und ging in den Flur, um in Ruhe telefonieren zu können. „Ja bitte?", fragte sie verhalten.

„Schutzleitner hier. Ich möchte Sie gerne treffen und Ihnen etwas erklären."

Lena war überrascht. Damit hatte sie nicht gerechnet. Mit gesenkter Stimme sprach sie: „Ja, gerne. Wann haben Sie Zeit?"

„Wir könnten uns am Bruchsaler Schloss treffen. Vor dem Schlosscafé. Sagen wir in einer halben Stunde?"

Lena willigte ein und legte auf. Was hatte der Anruf zu bedeuten? Sie blieb einen Moment lang im Flur stehen. Sabine kam zu ihr und fragte: „Ist alles in Ordnung?"

„Ja, sicher. Es war Douglas", log sie, „er braucht meine Hilfe zu Hause. Ich würde dann gehen, wenn es dir nichts ausmacht."

„Aber komm bitte später wieder. Ich hätte dich gerne bei mir. Irgendwann wird sich die Polizei melden und dann wäre es schön, wenn du hier wärst."

Lena versprach am späteren Nachmittag wieder zu kommen. Sie verließ das Haus und fuhr mit dem Bus zum Schloss. Wie verabredet wartete sie vor dem Schlosscafé. Sie war vor der verabredeten Zeit da. Frau Schutzleitner war noch nicht da. Sie dachte über die Art der Beziehung nach, die Frau Schutzleitner vielleicht mit ihrem Onkel gehabt haben könnte. Dem Anruf zufolge waren beide sehr vertraut miteinander gewesen. Wenn sie eine Affäre miteinander gehabt hätten, überlegte sie, und Sabine hätte davon gewusst, was würde das bedeuten? Sie hielt einen Augenblick inne. Sabine könnte Onkel Frank aus Eifersucht ermordet haben. Der Gedanke schockierte sie. Aber das konnte ja nicht sein, denn sie war zu dieser Zeit mit Samuel zusammen in Heidelberg. Lena schüttelte den Kopf. Es waren alles nur Spekulationen und nichts Greifbares.

Lena überblickte den Ehrenhof des Schlosses und bemerkte, dass eine attraktive blonde Frau direkt auf sie zukam. Sie mochte etwa Mitte 40 sein, dachte sie. Dass ihr das Treffen mit ihr unangenehm war, konnte man an ihrem Gesichtsausdruck erkennen. Sie blickte nervös um sich, bevor sie Lena ansprach: „Frau Kraich?"

Lena begrüßte sie.

„Ich bin Katja Schutzleitner. Es freut mich, Sie kennen zu lernen, auch wenn ich mir dafür andere Umstände gewünscht hätte. Bitte lassen Sie uns in den Schlossgarten gehen. Dort können wir uns ungestört unterhalten."

Sie liefen um das Schloss herum in den Garten, der sich dahinter weiträumig öffnete.

„Ich war sehr überrascht über Ihren Anruf", eröffnete Lena das Gespräch.

„Ich habe mir lange überlegt, ob ich es tun sollte. Aber sehen Sie, ich will mich erklären und ich hoffe, dass Sie mich verstehen werden. Ihr Onkel und ich", sie stockte kurz, „mochten uns sehr. Um nicht zu sagen, wir liebten uns. Dass er getötet wurde, ist für mich unverständlich und unfassbar. Er war ein wunderbarer Mann."

Für Lena war es unangenehm, wie Frau Schutzleitner über ihren Onkel sprach. Schließlich war dieser mit Sabine verheiratet gewesen.

„Als ich ihn das erste Mal auf einem Empfang im Rathaus sah, das war im August 2014, da wusste ich sofort: Dieser Mann hat eine besondere Ausstrahlung, ein starkes Charisma, das mich magisch anzog. Wir unterhielten uns lange, lachten und tauschten Nummern aus. Ab und an trafen wir uns lose auf einen Kaffee oder zum Mittagessen. Dass er verheiratet war, hatte er mir anfangs verschwiegen. Ich verliebte mich und auch er verliebte sich. Und wie soll ich es sagen, die Jahre vergingen. Ich arrangierte mich mit der Rolle der Geliebten. Manchmal verbrachten wir die Wochenenden zusammen, wenn er auf Fortbildungen oder Kongressen war. Ich durfte ihn begleiten. Wie stark er mich liebte, wurde mir letzte Woche klar. Es war Donnerstagabend. Er sagte, dass er sich scheiden lassen wolle. Seine Ehe sei Vergangenheit. Er liebe nur mich und wolle auch offiziell zu mir stehen. Noch in der gleichen Nacht eröffnete er Sabine, dass er die Scheidung wollte. Er hatte schon mit seinem Anwalt gesprochen. Am Montag sollte die Scheidung eingereicht werden. Sabine war verletzt, enttäuscht und verärgert. Sie nahm Samuel und verreiste mit ihm übers Wochenende nach Heidelberg, um Abstand zu gewinnen. Ich erzähle Ihnen das alles, Frau Kraich, damit Sie verstehen. Ich war seine

Geliebte, ja. Und es tut mir leid, dass seine Ehe scheiterte. Aber ich wollte niemals, dass so etwas Schreckliches passiert! Ich bin nicht schuld an alledem."

Lena schluckte. Deswegen fühlte es sich so sonderbar an, als sie das erste Mal bei Sabine und Onkel Frank zu Hause war. Es war ein leeres Haus, indem niemand wirklich geliebt wurde. „Und wollten Sie auch, dass er sich scheiden ließ und mit Ihnen zusammenkam?"

„Ich war mir unschlüssig. Sehen Sie: Ich bin Richterin am Bundesverfassungsgericht in Karlsruhe. Wenn es öffentlich bekannt geworden wäre, dass ich seit Jahren ein Verhältnis zu einem verheirateten Mann hatte, dann hätte es sicher meiner Reputation geschadet."

„Ich verstehe. Nun wird dies zumindest nicht eintreten."

Frau Schutzleitner schaute Lena auf eine undurchsichtige Weise an. Lena wusste nicht, was ihr Blick zu bedeuten hatte. Warum traf sich Frau Schutzleitner wirklich mit ihr? Das fragte sie sich.

Eine halbe Stunde später saß Lena wieder bei Sabine im Esszimmer. Die Polizei hatte sich noch nicht gemeldet. Das Gespräch mit Frau Schutzleitner beschäftigte Lena sehr. Alles hier im Haus war falsch und nicht echt. Der ganze Reichtum, der hier verteilt war, bedeutete nichts, wenn es darin kein Glück gab. Und glücklich schien hier niemand zu sein. Lena lernte in der letzten Woche viel über das, was im Leben wirklich zählte. Und das war nicht der äußere Reichtum. Im Gegenteil, es war das innere Glück, das Seelenheil.

Es klingelte. Sabine lief aufgeregt zur Tür. Draußen standen der Hauptkommissar Verholsten, sowie Kommissarin Fürmler und zwei weitere Polizisten. Er begann: „Frau Prothop, wir sind gekommen, um ihren Sohn Samuel festzunehmen. Er steht in dringendem Tatverdacht, Ihren Mann umgebracht zu haben. Wo finden wir ihn?"

Sabine hauchte: „Samuel?"

„Bitte, sagen Sie uns, wo er ist!"

„Er ist oben in seinem Zimmer. Aber bitte, das muss ein Missverständnis sein!"

Der Hauptkommissar wies die beiden Polizisten und Frau Kommissarin Fürmler an, den Jungen umgehend festzunehmen. Sabine schrie verzweifelt seinen Namen. Dann liefen die drei Beamten hoch. Wenige Augenblicke später führten sie Samuel zu ihnen.

Der Hauptkommissar sagte in ernstem Ton: „Du warst zur Tatzeit nicht in Heidelberg, wie du es ausgesagt hast. Jemand hat dich hier gesehen, als du zehn Minuten nach dem Schuss panisch aus dem Haus gerannt bist. Was hast du hier gemacht? Hast du deinen Vater erschossen?"

Samuel flüsterte: „Nein."

„Das muss ein Missverständnis sein! Samuel war bei mir in Heidelberg!", warf Sabine verzweifelt ein. „Sag, dass du bei mir warst!"

„Die S-Bahnen werden durch Kameras überwacht. Wusstest du das? Wir haben dich mit deinem grünen Fahrrad in einem der Züge entdeckt. Du bist um 18:20 Uhr nach Bruchsal gefahren und um 19:35 Uhr wieder zurück. Ich frage dich noch einmal: Was hast du in Bruchsal gemacht?!"

„Nichts!", wiederholte Samuel.

„Du wurdest gesehen. Leugnen ist zwecklos!" Samuel sagte nichts darauf. Er zitterte am ganzen Körper.

„Führt ihn ab!", befahl der Hauptkommissar.

„Er war schon tot!", schrie Samuel. „Er war tot!"

„Abführen!" Hauptkommissar Verholsten wendete sich an Sabine. „Sie haben ausgesagt, dass Samuel in Heidelberg bei Ihnen war. Das war eine Falschaussage. Sie werden von mir hören." Er drehte sich um und verließ das Anwesen.

Sabine brach weinend zusammen. Sie konnte nicht fassen, was eben geschehen war. Dass ihr Sohn ein Mörder ist, das konnte nicht sein!

Lena stützte sie und führte sie ins Wohnzimmer, wo sich Sabine auf das Sofa kauerte. „Das Vögelchen hat gesungen!", sagte sie bitter. „Scheißkerl, wer immer das ist! Mein Kind darf nicht für das alles verantwortlich gemacht werden!"

„Es wird sich aufklären, Sabine", versuchte Lena Sabine zu trösten.

„Nein, du kannst es nicht verstehen. Sie werden Samuel in die Mangel nehmen. Sie werden alles, was sie finden können, ausgraben."

Lena verstand nicht. Was sollte bei Samuel schon zu finden sein? Sabine blickte daraufhin Lena mit tränennassen Augen an: „Samuel war einmal verliebt gewesen. In Vivien. Das war vor etwa einem Jahr. Aber diese Liebe wurde nicht erwidert. Sie sagte, Samuel sei ihr zu dick und es war ihr peinlich, sich mit ihm zusammen in der Schule zu zeigen. ´Pickelface´ gab sie ihm schließlich als Spitznamen. Das konnte er nicht verkraften. Er nahm seinen Baseballschläger und schlug aus Wut auf das Auto ihres Vaters ein. Er wurde von Viviens Vater dabei überrascht. Umgehend zeigte dieser uns an. Es war Frank zu verdanken, dass Viviens Vater die Anzeige schließlich zurückzog. Ich glaube, Frank bezahlte ihm dafür Geld." Sie machte eine kleine Pause. „Verstehst du jetzt? Wenn die Polizei diese Geschichte ausgräbt, dann wird Samuel als ein Jugendlicher hingestellt, der seine Aggressionen nicht im Griff hat und impulsiv und gewalttätig reagiert!"

„Aber nur, wenn er einen Grund gehabt hätte", warf Lena ein. Sie überlegte: „Frank wollte die Scheidung einreichen und der Termin bei seinem Anwalt war bereits ausgemacht."

Sabine schaute Lena entgeistert an. „Woher weißt du das?"

„Monika Hölscht sollte den Termin bestätigen", antwortet Lena. Von dem Gespräch mit Frau Schutzleitner wollte sie Sabine zunächst nichts verraten. „Wusste Samuel auch davon?", fragte sie vorsichtig.

Mit erschrockenen Augen verneinte Sabine. „Samuel hat nichts davon gewusst. Natürlich nicht! Was soll das überhaupt bedeuten? Glaubst du etwa auch, dass Samuel seinen Vater erschossen hat?"

„Nein", beschwichtigte Lena, „aber wenn die Polizei von der Scheidung erfährt, dann wird es Samuel belasten."

„Sie dürfen es nicht erfahren!", flüsterte Sabine. Dann wurde sie still.

Lena berührte Sabine tröstend am Arm: „Es tut mir sehr leid."

„Ich danke dir." Sabine schluckte. Dann stand sie auf, ging sie zu einem der Fenster und blickte in den Garten. „Ich ahnte nichts. All die Jahre nicht. Dass er vielbeschäftigt war und oftmals lange in der Praxis blieb, das war mir klar. Er war ein Workaholic, dachte ich. Dass er eine andere Frau liebte und das schon seit vielen Jahren, wie er mir gestand, davon hatte ich keine Ahnung. Er hatte mich getäuscht. Bis zum Schluss blickte er mir noch in die Augen und versicherte mir, dass er mich liebte. Wie dumm ich war und leichtgläubig. Ich konnte die vielen Signale nicht erkennen! Dann verkündete er mir an dem Donnerstagabend, bevor er starb, dass es vorbei sei. Er war eiskalt. Nichts Warmes war mehr in seinem Blick. Dann verließ er mich und ging zu seiner Geliebten. Ich packte meine Tasche und fuhr mit Samuel nach Heidelberg." Sie drehte sich um und schaute Lena traurig an. „Das ist die Wahrheit. Samuel war in seinem Zimmer. Er hatte von alldem nichts mitbekommen. Er freute sich auf Heidelberg, da er dort einige Freunde hat, mit denen er gerne Zeit verbringt. Es muss ein Missverständnis sein. Er war es nicht."

Lena wagte nichts darauf zu sagen. Sabine war sehr verletzt und einsam. Alles, was sie sich aufgebaut hatte, war zerstört. Frank hatte sie zutiefst enttäuscht und Samuel war wegen Mordverdacht in Untersuchungshaft. Ob er tatsächlich nichts davon mitbekommen hatte, wie Sabine es hoffte, wusste sie nicht. Es gab im Moment jedenfalls nichts Hoffnungsvolles mehr.

Lena blieb noch bis zum Abend, um Sabine beiseite zu stehen. Sie umsorgte Sabine und hörte einfach nur zu, wenn sie etwas sagte. Gegen 22 Uhr fuhr Lena zu Douglas nach Hause. In seinen Armen liegend bat sie ihn: „Bitte halt mich ganz fest!"

11

Am nächsten Tag waren Lena und Douglas bei Claudia zum Mittagessen eingeladen. Sie sagte, es gäbe einen besonderen Anlass zum Feiern. Lena war gespannt, worum es ging. Sie mutmaßte, dass es irgendetwas mit Magnus zu tun haben musste. Hoffentlich hatten sie sich nicht wieder versöhnt. Damit könnte sie nicht umgehen.

Claudia öffnete die Tür. Auf den ersten Blick machte sie einen glücklichen Eindruck. Sie lächelte und ihre Haltung war gerade. Sie bewegte sich so geschmeidig, als ob ihre Prellung und die gebrochene Rippe wieder gut verheilt wären. Lena fragte unverblümt nach ihrem Gesundheitszustand und sie antwortete, dass sie wieder frei atmen könne. Außer ein paar blauen Flecken, hatte sie keine starken Beschwerden mehr. Lena war erfreut, das zu hören. Auch Douglas meinte, dass es nur mehr besser werden könnte.

Sie setzten sich an den gedeckten Esszimmertisch. Claudia wollte gleich das Essen servieren. Sie hatte Lenas Lieblingsgericht, Gulasch mit breiten Nudeln, gekocht.

Genüsslich aßen und tranken sie. „Willst du uns jetzt verraten, warum du uns eingeladen hast?"

Claudia nahm einen Schluck Wein. Daraufhin verkündete sie: „Magnus sitzt in Untersuchungshaft. Sie haben ihn bei einem Freund ausfindig machen können. Dort hat er sich die letzte Woche versteckt. Ich habe meine Aussage gemacht und nun wird verhandelt, wie es mit ihm weitergehen wird. Wahrscheinlich muss er sich wegen schwerer Körperverletzung vor Gericht verantworten. Wenn alles gut läuft, dann wird er verurteilt werden, ohne Bewährung."

„Das sind gute Neuigkeiten", fand Douglas.

Lena stimmte ihm zu.

„Und ich habe gestern die Scheidung eingereicht."

Lena freute sich sehr darüber. Es war ein Schritt in die richtige Richtung, fand sie. Sie bemerkte zwar, dass es Claudia nicht leichtgefallen war, aber eine Scheidung war unumgänglich.

„Und euch, wie geht es euch beiden?", fragte Claudia.

Lena und Douglas schauten sich an. Sie erzählten von den Ereignissen der vergangenen Woche und wie sehr sie emotional in den Mordfall mit hineingezogen wurde. Sabine ging es sehr schlecht, berichtete sie. Lena hatte den Platz einer Vertrauten eingenommen, was ihr schmeichelte, sie aber auch erschreckte. Samuel saß im Gefängnis, weil er für die Polizei der Tatverdächtige war. Es war alles in allem sehr traurig und sie wusste nicht, wohin das Ganze führen würde. Douglas war ihr Fels in der Brandung. Er gab ihr Halt und pfiff sie immer wieder zurück, wenn sie übers Ziel hinaus zu schießen drohte. „Ich liebe dich", sagte sie zärtlich zu Douglas und strich ihm über den Arm.

Daraufhin gab ihr Douglas einen Kuss. „Ich dich auch. Du bist mein Mädchen", flüsterte er. „Ich unterstütze dich und bin immer da, wenn du meine Hilfe brauchst."

„Darauf baue ich", erwiderte Lena.

Nach dem Essen saßen sie im Wohnzimmer auf der Couch. Zur besseren Verdauung gab es einen Kräuterlikör. Alle waren satt und das Gespräch ruhte.

Dann wollte Lena unbedingt noch einmal von Claudia wissen, wie genau der zeitliche Ablauf gewesen war, an dem Tag, als Frank starb. Sie hatte auch die vage Erinnerung an ein bestimmtes Detail, das vielleicht wichtig gewesen sein könnte. Ungläubig und missgestimmt fragte Claudia, ob sie nicht die Sache auf sich beruhen lassen wolle. Doch Lena ließ nicht locker. Sie hatte eine diffuse Idee und wollte diese überprüfen.

„Nun, wie soll ich das schildern", begann Claudia. „Es war Sonntagmorgen. Ich erzählte Magnus, dass ich dir von seiner Vergangenheit berichtet hatte. Du wüsstest nun, was für ein gewalttätiger Mann er war. Er wollte wissen, warum ich das getan hätte. Jetzt, nach all den Jahren. Da erklärte ich, dass Frank den Anstoß dazu gegeben hatte. Er wurde wütend und schlug mit seinem Tennisschläger auf mich ein. Er suchte etwas im Schlafzimmer, danach verschwand er."

„Genau das ist es. Das wollte ich nochmal hören. Bitte sag mir, wonach suchte er?"

Claudia überlegte: „Ich weiß es nicht. Das kann ich dir nicht sagen."

„Und hat er es gefunden?"

„Auch das weiß ich nicht. Ich war zu sehr mit mir beschäftigt."

Lena nickte. Nach einem Moment der Ruhe bat sie Douglas, sie zur Polizei zu begleiten. Sie wolle mit Magnus sprechen. Douglas verstand nicht, warum es ihr wichtig war, versprach aber, mit ihr mitzugehen.

Sie standen auf. Gerade, als sie im Flur ihre Jacken anziehen wollten, streckte Claudia Lena einen geöffneten Briefumschlag entgegen. „Hier, dieser Brief ist gekommen. Schau mal rein."

Lena zog den Brief heraus. Er war an `Familie Kraich´ adressiert. Ihre Realschule hatte in diesem Jahr ein rundes Schuljubiläum und mit diesem Brief wollten sie alle Ehemaligen und deren Familien zu einem großen Schulfest einladen.

„Das ist doch nett", befand Claudia.

Lena nickte und fragte, ob sie den Brief mitnehmen dürfe. Claudia war einverstanden. Kurz danach verließen sie die Wohnung.

Nachdem sie wieder zu Hause angekommen waren, rief Lena bei der Polizeibehörde Bruchsal an. Sie wollte sich erkundigen, wohin man Magnus gebracht hatte. Sie wäre seine Stieftochter und müsse unbedingt mit ihm sprechen. Jedoch hatte sie kein Glück. Man verwehrte ihr die Auskunft. So kam sie nicht an ihn heran.

Kurzerhand rief sie bei Hauptkommissar Verholsten an. Dieser war nicht sehr erfreut von ihr zu hören. Als sie ihm jedoch von Magnus und dessen Vergangenheit erzählte, wurde er hellhörig.

„Sehen Sie, wie wichtig das sein könnte?", fragte Lena. „Magnus könnte ein Motiv gehabt haben, meinen Onkel Frank umbringen zu wollen. Denn Magnus Meinung nach war Frank derjenige, der den Anstoß gegeben hatte, dass ich über seine Vergangenheit informiert wurde. Nur, weil Frank geredet hatte, wendete ich mich von Magnus ab. Magnus war wütend und schlug auf meine Mutter ein. Dann, erzählte meine Mutter, hatte er nach etwas im Schlafzimmer gesucht." Sie machte eine Pause. „Es könnte eine Schusswaffe gewesen sein, die er dort aufbewahrte. In Rage verließ er das Haus, suchte Frank auf und erschoss ihn. Das Motiv könnte Rache und blinde Wut gewesen sein."

„Und was ist mit Samuel?", fragte Hauptkommissar Verholsten.

„Er sagte ja, dass Frank bereits tot war, als er nach Hause kam. Erinnern Sie sich? Natürlich rannte er in Panik aus dem Haus, nachdem er gesehen hatte, dass sein Vater tot auf dem Boden lag!"

Hauptkommissar Verholsten bedankte sich für Lenas Hinweise. Er wolle der Sache nachgehen und überprüfen, ob Magnus im Besitz einer Schusswaffe gewesen war. Lena war nicht ganz zufrieden. Sie hätte gerne selbst herausgefunden, ob es Magnus tatsächlich gewesen war.

Der restliche Tag verlief ruhig und es ereignete sich nichts Neues. Douglas war froh, Lena am Abend bei sich zu haben. Sie hatte sich seiner Meinung nach in der einen Woche seit dem Tod ihres Onkels stark verändert. Ihre leichte, positive und lebensfrohe Art war verschwunden. Ihre Stimmung war getrübt und von diesem Verbrechen überschattet. Ungewöhnlich reif war es, wie sie sprach und welche Anschauungen sie hatte. Sie handelte fast schon zwanghaft und übergriffig, nur, weil sie dem Mörder auf die Spur kommen wollte. Er hoffte sehr, die alte Lena würde wieder zum Vorschein kommen, sobald der Mordfall aufgeklärt war. Auf ihre Frage, worüber er nachdachte, antwortete er: „Alles wird gut, Lena. Da bin ich mir sicher. Und wenn irgendwann alles vorbei sein wird, dann möchte ich nichts mehr von Tod, Mörder und Trauer hören. Vielleicht fahren wir irgendwo hin? Irgendwo, wo es schön und warm ist. Nur du und ich? Und dann lassen wir es uns richtig gut gehen."

Lenas Blick schweifte in die Ferne. Die Vorstellung, mit Douglas alleine zu verreisen, gefiel ihr sehr. Zu gerne würde sie ihre Gedanken über den Mord fallen lassen. Aber etwas in ihr ließ sie nicht zu Ruhe kommen. Sie musste wissen, was wirklich geschehen war. Und sie hatte bereits viel herausgefunden. Sie war sich sicher, bald würde sie wissen, wer der Täter gewesen war.

Lena und Douglas lagen noch im Bett, als Lenas Handy klingelte. Müde nahm sie ab. Am anderen Ende der Leitung war Sabine. Sie bat Lena so bald wie möglich zu ihr in die Wohnung zu kommen. Auf die Frage, warum, antwortete Sabine nur: „Es ist wichtig, dass du kommst. Die Polizei wird auch da sein."

Douglas war nicht erfreut über Sabines erneutes Drängen. Als wenn sie über Lena bestimmen könne. Das war nicht in Ordnung. Lena gab zu, dass Sabines drängende Bitten fragwürdig waren, dennoch wollte sie zu ihr fahren. Sie fragte Douglas, ob er sie begleiten wolle. Dieses Mal wollte er mitkommen und Sabine seine Meinung sagen.

Sie zogen sich an, frühstückten etwas im Stehen und fuhren mit Douglas Auto zum Weiherberg. Sabine stand hinter einem Fenster und sah sie kommen. Die Tür war bereits geöffnet. Lena und Douglas traten ein. Douglas wollte sich zunächst anhören, welchen Grund Sabine hatte, Lena zu sich zu zitieren. Danach wollte er mit ihr das Gespräch suchen. Über Douglas Anwesenheit wunderte sich Sabine erstaunlicher Weise nicht. Sie führte beide ins Wohnzimmer und sagte abgeklärt: „Es ist gut, dass ihr da seid. Die Polizei wird in den nächsten Minuten auch kommen. Ich vertraue euch. Ihr werdet euch alles anhören, was ich zu sagen habe, danach werdet ihr euch um Samuel kümmern."

Lena verstand kein Wort, von dem, was sie sprach. Auf die Frage, was Sabine vorhatte, bekam sie keine Antwort. Douglas hielt sich auch zurück. Sein Vorhaben, mit ihr sprechen zu wollen, stellte er hinten an.

Sabine hüllte sich in Schweigen. Sie machte einen konzentrierten Eindruck. Wieder stellte sie sich hinter das Fenster und blickte nach draußen. Lena und Douglas setzten sich an den Esszimmertisch und warteten ab.

„Da sind sie", sagte Sabine und ging zur Tür. Wenige Augenblicke später kam sie mit Hauptkommissar Verholsten und Kommissarin Fürmler zurück.

Als er Lena und Douglas erblickte, sprach er: „Frau Kraich, was tun Sie hier?"

Lena beteuerte, nicht zu wissen, weshalb sie hierher zitiert worden waren.

„Ich habe beide gebeten, zu mir zu kommen", erklärte Sabine ihre Anwesenheit. „Sie sind meine Zeugen."

Hauptkommissar Verholsten blickte Sabine fragend an: „Nun gut. Weshalb haben Sie uns gerufen?"

„Ich habe eine Aussage zu machen. Vielmehr möchte ich ein Geständnis ablegen."

Lena sah Sabine erschrocken an. Douglas nahm Lenas Hand. Der Hauptkommissar kniff die Augen zusammen. „Frau Fürmler", wies er seine Kollegin an, „Frau Prothop möchte eine Aussage machen. Bitte nehmen Sie sie auf." Frau Fürmler zog sogleich ein Aufnahmegerät aus ihrer Tasche und stellte es auf den Tisch. Nachdem sie es angeschaltet hatte, bat der Hauptkommissar Sabine zu beginnen.

Mit klarer Stimme fing Sabine an zu sprechen: „Ich möchte ein Geständnis ablegen. Ich habe meinen Mann, Frank Prothop, Sonntagabend, den 09.01. gegen 19 Uhr mit seiner eigenen Pistole erschossen." Nach einer Pause sprach sie weiter: „Ich will nun genau erklären warum und wie genau ich es getan habe: Mein Mann hatte mich seit Jahren mit einer anderen Frau betrogen, was er mir am Donnerstagabend vor dem Mord gestand. Er sagte, er würde die Scheidung einreichen. Dafür hatte er am darauffolgenden Montag einen Termin bei seinen Anwälten vereinbart. Ich fuhr zusammen mit unserem

Sohn Samuel nach Heidelberg. Ich konnte es nicht verkraften, dass er mich verlassen wollte. Ich fasste den Entschluss, ihn umzubringen. So würden Samuel und ich im Haus bleiben und mit dem Erbe würden wir gut weiterleben können. Da ich in Heidelberg war, hatte ich ein Alibi. Samuel war mit Freunden unterwegs, zumindest dachte ich es. Da fuhr ich kurzerhand nach Hause zurück. Man durfte mich auf keinen Fall sehen. So parkte ich mein Auto in einer Querstraße. Ich schlich im Dunkeln durch den Garten zur Kellertür und betrat ungesehen das Haus. Ich wusste, dass Frank in seinem Nachttischchen eine Pistole aufbewahrte. Ich schlich mich ins Schlafzimmer. Tatsächlich lag sie noch dort. Frank war im Wohnzimmer, als ich ihn überraschte. Er lachte über mich. `Ist das dein Versuch, mich wieder für dich gewinnen zu wollen?´, verhöhnte er mich. Es würde nichts bringen, sagte er. Er hasste mich. Ich sei langweilig und nur ein Abklatsch dessen, was ich einmal war. Dann drückte ich einfach ab. Ich traf ihn in die Brust. Er fiel zu Boden. Sofort rannte ich durch den Keller wieder in den Garten. So heimlich, wie ich gekommen war, fuhr ich wieder zurück. In Heidelberg parkte ich den Wagen in der Altstadt. Ich lief auf die alte Neckarbrücke und warf die Pistole in den Neckar. Danach kehrte ich wieder in unser Ferienhaus zurück."

Es wurde still. Dann begann Hauptkommissar Verholsten das Verhör: „Sie sagen, Ihr Mann hatte eine Pistole zu Hause?"

Sabine bestätigte seine Frage.

„Woher hatte er diese Pistole?"

„Das weiß ich nicht. Er besaß sie schon seit einigen Jahren. Damals sagte er zu mir so etwas wie: `Damit wir uns verteidigen können. Sei ganz beruhigt.´ Dann legte er sie in sein Nachttischchen."

„Waren Sie denn in Gefahr?"

„Nicht, dass ich wüsste."

„Und es machte Ihnen nichts aus, dass die Waffe im Haus und für jeden frei zugänglich war? Hatten Sie keine Bedenken?"

Sabine verneinte. Es war nicht an ihr, zu entscheiden, ob Frank eine Pistole besaß oder nicht. Wenn er eine haben wollte, dann konnte sie ihn nicht davon abhalten.

„Können Sie uns die Pistole näher beschreiben?"

„Nein, das kann ich nicht. Frank zeigte mir einmal, wie man damit umgeht. Sie war geladen und funktionierte an jenem Abend, darauf kam es an."

Hauptkommissar Verholsten machte eine Pause. Dann wechselte er das Thema: „Und Sie haben Samuel bemerkt, als er ins Haus kam?"

„Nein, ich habe ihn nicht gesehen. Ich war schon wieder weg, nehme ich an."

„Warum gestehen Sie jetzt, so unerwartet und plötzlich?"

„Samuel darf nicht für etwas bestraft werden, was ich getan habe", sprach sie. „Er sagte ja, als Sie ihn abführten, sein Vater war bereits tot, als er das Haus betrat." Eindringlich fügte sie hinzu: „Es ist die Wahrheit. Ich verweigere ab jetzt jede weitere Aussage."

Hauptkommissar Verholsten schaute ihr lange in die Augen. Ihr Blick war leer und matt.

„Nun gut. Frau Fürmler, stoppen Sie die Aufnahme und führen Sie Frau Prothop ab. Ihr Sohn Samuel", damit richtete er sich wieder an Sabine, „wird weiter in Gewahrsam bleiben, so lange bis wir Ihr Geständnis überprüft und sicher sein können, dass Sie die Wahrheit gesagt haben. Wenn nicht, dann wird Ihre Falschaussage Konsequenzen nach sich ziehen!"

Sabine nickte stumm. Dann ließ sie sich ohne Gegenwehr abführen. Hauptkommissar Verholsten schaute Lena ernst an. Er hoffe, sie in Zukunft nicht mehr wieder zu sehen, sagte er. Es war auffällig, dass sie immer zugegen war, wenn etwas geschah. Sie solle sich nun nicht mehr einmischen und auf sich aufpassen. Dann verabschiedeten sie sich und verließen das Haus.

Nachdem Lena und Douglas wieder zu Hause angekommen waren, ließ sich Lena unzufrieden auf das Sofa fallen. Es passte alles zusammen, ja, aber irgendwie mochte sie nicht glauben, dass Sabine eine Mörderin war.

Douglas bat sie, nun alles auf sich beruhen zu lassen. Der Fall sei gelöst und der Mörder hatte gestanden. Lena willigte ein. Er brachte ihr eine Flasche Bier, die er auf den Couchtisch stellte. Daneben lag noch der Brief von Lenas früheren Realschule. Sie zog ihn heraus und lächelte. Sie las ihn nochmals durch und beschloss, das Fest gemeinsam mit Douglas zu besuchen.

Dann zögerte sie kurz. Sie schaute nochmals auf den Empfänger. Sie las ihren Nachnamen. Warum hatten sie nur den Familiennamen darauf geschrieben, fragte sie sich, und nicht ihren Vornamen? Weil der Brief an Claudia und sie adressiert war, gab sie sich die Antwort. Es war nicht eindeutig zuzuordnen, für wen genau der

Brief bestimmt war. Deswegen hatte ihn ihre Mutter geöffnet.

„Ist alles in Ordnung?", fragte Douglas.

„Ich weiß es nicht", gestand Lena. Sie hatte das Gefühl, etwas übersehen zu haben. Ihre Gedanken um den Mord waren blitzschnell wieder da. Sie blickte aus dem Fenster. Da fiel ihr plötzlich etwas ein, das wichtig gewesen sein könnte. Es verhielt sich ähnlich, wie mit dem Schreiben ihrer Schule. Sie stand auf und fuhr ihren Laptop hoch. Aufgeregt googelte sie etwas, das vor Jahren geschehen war. Sie wurde tatsächlich fündig. Konnte das möglich sein, fragte sie sich?

Douglas konnte nicht verstehen, was sie umtrieb. Auf die Bitte, alles auf sich beruhen zu lassen, reagierte sie nicht.

Sie klappte den Laptop wieder zu und setzte sich wieder zu ihm auf die Couch. Wenn es stimmen sollte, dann gab es nur eine Möglichkeit. Aber wie konnte das sein, fragte sie sich. Dann durchzog sie ein Schauer. In ihrem Kopf entstand ein Bild, das weitere Bilder zur Folge hatte. Wie in einer Kettenreaktion ergaben Situationen und Dinge, die sie gesehen und gehört hatte, plötzlich einen Sinn. Ich muss etwas unternehmen, beschloss sie. Sie zog ihren Mantel an, packte ihre Tasche und sagte zu Douglas: „In spätestens eineinhalb Stunden bin ich

wieder zurück. Warte hier auf mich. Ich liebe dich!"
Dann öffnete sie die Tür und verschwand, noch bevor er
etwas dagegen vorbringen konnte.

12

Lena fuhr mit dem Bus in die Innenstadt. Während der
Fahrt wollte sie einen wichtigen Anruf tätigen. Zu ihrer
Enttäuschung nahm jedoch niemand ab. Sie räusperte
sich und hinterließ eine Nachricht auf dem
Anrufbeantworter: „Guten Tag, hier ist Lena Kraich. Ich
möchte Sie gerne sprechen. Ich hoffe, Sie hätten
vielleicht spontan Zeit? Vielleicht hören Sie ja diese
Nachricht in den nächsten 20 Minuten ab. Es ist nun
15:30 Uhr. Ich warte etwa eine Stunde vor dem Café
Pavillon in der Fußgängerzone auf Sie. Wenn Sie es sich
einrichten könnten, wäre ich Ihnen sehr dankbar. Auf
Wiederhören." Dann legte sie auf.

Die Fahrt in die Innenstadt dauerte nur wenige Minuten.
Dann stieg sie aus und lief die Fußgängerzone entlang
zum Pavillon. Viele Menschen flanierten dort, aßen
etwas oder gingen einkaufen. Lena stellte sich vor die
Buchhandlung Braunbarth, sodass sie, das Schaufenster
im Rücken, den Platz gut einsehen konnte. Hier fühlte
sie sich sicher und hier konnte ihr nichts passieren,

dachte sie. Unruhig stand sie auf ihrem Platz und beobachtete die Passanten. Immer wieder schaute sie auf die Uhr. Je länger sie wartete, um so aufgeregter wurde sie. Es war 16:30 Uhr. Es dämmerte bereits. Lena wollte gerade enttäuscht und unverrichteter Dinge gehen, da sah sie einen Mann in einem langen Mantel auf sie zukommen. Sie fasste schnell in ihre Handtasche. Dann blieb er vor ihr stehen: „Frau Kraich?"

Lena bedankte sich, dass er doch noch gekommen war.

„Aber natürlich", sagte er, „ich möchte doch gerne wissen, warum sie mich so dringend sehen wollen, hier, in der Fußgängerzone. Sie hätten ja auch zu mir kommen können?"

Ungeachtet seiner Frage erklärte sie: „Nun, es geht um Ihren Vater."

Der Mann zögerte einen Augenblick und sah sich um. „Um meinen Vater? Was geht Sie mein Vater an?"

Lena schluckte. „Ich bitte Sie, erzählen Sie mir von dem Tag, an dem Ihr Vater gestorben ist. Mein Onkel war bei ihm. Er war auf Hausbesuch."

Er starrte Lena einen Augenblick an. Dann erzählte er: „Mein Vater zeigte dem Arzt seine Schnitzereien. Dort in der Garage erlitt er einen Herzinfarkt. Der Arzt wollte ihn retten, doch mein Vater starb."

„Hatte Ihr Vater im Vorfeld Anzeichen einer Herz-Kreislauf-Erkrankung? Oder war er ein starker Raucher?"

„Weder noch."

Lena nickte. „Ist es Ihnen nicht seltsam vorgekommen, dass Ihr Vater so plötzlich verstarb? Obwohl er keinerlei Vorzeichen zeigte?"

Er verneinte. Sein Vater wäre schon alt gewesen, meinte er. Ihm wäre nichts Besonderes aufgefallen.

Nach einer Gedankenpause sprach Lena: „Herr Lüster, ich glaube mein Onkel hat den Tod Ihres Vaters bewusst herbeigeführt. Mit Hilfe eines Medikaments gegen Herzrhythmusstörungen namens `Gilurytmal´. Es ist ein gefährliches Medikament das nur langsam und in kleinen Mengen unter Aufsicht eines Arztes verabreicht werden darf. Eine Überdosis führt zu Herzkammerflimmern bis hin zum Herzstillstand."

Herr Lüster fragte entgeistert nach: „Wieso sollte Doktor Prothop so etwas getan haben?"

„Weil er von Ihrem Vater wusste, dass dieser im Lotto gewonnen hatte und das Geld in seiner Garage versteckt hielt."

„Das ist doch vollkommener Quatsch, was Sie sich da zusammenphantasieren! In der Garage soll mein Vater Geld versteckt haben?" Er lachte hysterisch.

„Es war vielleicht sein Lieblingsraum, in dem er gerne viel Zeit verbrachte. Dort hatte er ein Geheimversteck. Und seinem vertrauten Arzt hatte er davon erzählt." Sie holte tief Luft: „Gehen wir davon aus, mein Onkel brachte Ihren Vater um. Es war ganz einfach: Er verabreichte ihm das Medikament, tat dann so, als ob er ihm das Leben retten wolle und ließ ihn in Wahrheit in seinen Armen sterben. Mein Onkel konnte den Mord leicht vertuschen, da er selbst als Arzt den Totenschein ausstellte. Seine Tat blieb unbemerkt. Er holte sich das Bargeld, eine knappe Million Euro in großen Scheinen, und trug es in seiner Arzttasche davon. Es muss so gewesen sein, denn man fand den Rest des Geldes im Haus meines Onkels. Wir konnten uns nicht erklären, woher es stammte. Jetzt bin ich mir sicher, dass es ursprünglich Ihrem Vater gehörte."

Herr Lüster schaute sich um und versicherte sich, dass niemand mithören konnte: „Hätte mein Vater im Lotto gewonnen, dann hätte ich davon gewusst!"

„Ich glaube eher nicht. Vielleicht dachte er, dass Sie mit einem so großen Geldbetrag nicht umgehen könnten? Ja, ich denke, dass es so war. Nehmen wir an, er hatte es Ihnen nicht gesagt. Wie ging es nun weiter? Jahrelang wussten Sie nichts davon, dass in der Garage ein Millionenbetrag versteckt war. Bis ihre Mutter vor wenigen Monaten starb. Nach ihrem Tod mussten Sie das Haus Ihrer Eltern ausräumen. Sie fanden bei dieser Aufräumaktion in den Unterlagen Ihres Vaters einen Brief aus dem Jahr 2014, in dem ihm zu seinem Gewinn gratuliert wurde. Ich sah diesen Brief bei meinem Besuch bei Ihnen, konnte aber nur die Anrede und den ersten halben Satz lesen. Er war an `Herrn Lüster´ adressiert. Ich dachte, Sie wären damit gemeint. Aber ich habe mich getäuscht. Dass Sie nicht im Lotto gewonnen hatten, konnte man unschwer an Ihren Lebensumständen erkennen."

Herr Lüster hörte sich ruhig an, was Lena erzählte. Seine Augen blitzten. Er hob das Kinn und lächelte leicht.

Lena fuhr fort: „Sie stellten wahrscheinlich das ganze Haus auf den Kopf. Jedoch fanden Sie kein Geld. Nur mehr das leere Geheimversteck. Das Geld war nicht mehr da. Sie dachten fieberhaft nach, wohin es verschwunden sein konnte? Aber Sie fanden keine passenden Hinweise. Niemand wusste etwas davon. Es gab auch keine Spendenbescheinigungen oder Überweisungen und dergleichen.

Da fiel Ihnen der plötzliche Tod Ihres Vaters ein. Wenn jemand das Geld gestohlen hatte, dann müsste es jemand Vertrautes gewesen sein, der Zutritt zur Garage hatte. Ihr

Vater hätte bestimmt das Geld nicht freiwillig hergegeben, aber er musste jemandem davon erzählt haben. Sie dachten unweigerlich an den Arzt! Der vertrauensvolle Arzt musste es gewesen sein. Sonst gab es niemand anderen!" Lena machte eine kurze Pause. „In Ihnen reifte ein Gedanke: Wenn es der Arzt gewesen war, dann wollten Sie sich das Geld zurückholen. Sie kamen zu uns in die Praxis und stellten den Kontakt zu meinem Onkel her. Sie wollten zunächst nur Fragen über den Tod Ihres Vaters stellen und vielleicht Widersprüche in seinen Aussagen entdecken. Wahrscheinlich fielen Ihnen während der Sprechstunde tatsächlich Ungereimtheiten auf. Sie wurden sich zunehmend sicherer. Der Arzt war ein Dieb und ein Mörder. Später wollten Sie ihn aufsuchen und direkt zur Rede stellen. Es war Sonntagabend, als Sie das Haus meines Onkels betraten. Ich kann mir nur vorstellen, was im Haus geschah. Vielleicht kam es zum Streit? Jedenfalls wollte er Ihnen das Geld nicht geben. Sie beschlossen, ihn zu töten und sich Ihr Geld zurückzuholen. Nach dem Sie ihn erschossen hatten, wurden Sie jedoch überrascht. Der Sohn betrat das Haus. Sie flüchteten panisch ohne das Geld durch den Keller, weil sie Angst hatten, der Sohn könnte Sie entdecken und als Mörder identifizieren. Nun hatten Sie einen Mord begangen, aber Ihr Geld befand sich noch immer im Haus. Nachdem am nächsten Tag die Polizei das

Haus durchsucht hatte, dachten Sie zu Recht, dass das Geld beschlagnahmt und für Sie verloren war."

„Ich bitte Sie, wenn ich das Geld hätte zurückhaben wollen, wie Sie sagen, warum habe ich dann nicht einfach darauf gewartet, bis das Haus leer war? Ich hätte in Ruhe einbrechen und es suchen können."

„Weil Sie auch den Mord an Ihrem Vater rächen wollten. Sie wollten ihn zur Rede stellen. Und es war für Sie eine Genugtuung, ihn zu erschießen."

„Das ist eine sehr interessante Geschichte, Frau Kraich", befand Herr Lüster. „Doch wo sind Ihre Beweise, dass ich Ihren Onkel aus Habgier und Rache erschossen habe?"

„Nun, da ist das beschlagnahmte Geld, der Brief der Lottogesellschaft, das Medikament. Und Ihre Waffe, mit der Sie meinen Onkel erschossen haben. Sie muss in Ihrem Besitz sein. Sie hatten übrigens Glück, dass der Sohn dabei gesehen wurde, wie er aus dem Haus rannte. Er wurde von der Polizei als Tatverdächtiger verhaftet. Niemand kam Ihnen bisher auf die Spur."

„Niemand, außer Ihnen."

Lenas Redefluss erstarb. Sie blickte sich um. Es war bereits dunkel geworden und nur noch wenige Passanten liefen an ihnen vorbei.

„Sie werden sich vor der Polizei verantworten müssen",
sagte Lena unsicher.

Er sprach langsam und deutlich, während er auf sie
zuging: „Ihr Onkel war ein Mörder! Er hat meinen Vater
umgebracht! Ich hatte ein Recht, ihn zu töten und mir
das zu holen, was mir gehörte! Mein Leben lang warte
ich auf einen Gewinn. Darauf, dass ich einmal auf der
Sonnenseite des Lebens stehe. Und mein Vater hatte das
Glück? Mein Vater? Und dann hält er vor mir das Geld
zurück, das mein Leben hätte verändern können?"

Lena blickte ihn mit aufgerissenen Augen an. Sie wich
zurück und wollte wieder eine angemessene Distanz
herstellen. Da kam er sofort ganz dicht an sie heran und
flüsterte: „Du wirst nirgends hingehen. Du warst zu
neugierig und weißt zu viel. Schau, was ich in meiner
Tasche habe." Er hob die Hand in seiner rechten
Manteltasche an, sodass sie die längliche Form des
Pistolenlaufes erkennen konnte. „Ich werde dich sofort
töten, wenn du dich von mir entfernst. Nur ein Laut oder
ein verräterischer Blick und ich schieße!"

Lena schluckte und starrte ihm in die Augen. Bewusst
hatte sie diesen belebten Ort gewählt, weil sie dachte, sie
wäre hier sicher. Wie konnte sie ihm nur entkommen?
Niemandem waren sie aufgefallen. Sie fühlte sich
ohnmächtig.

„Du läufst jetzt mit mir in Richtung Schloss, verstanden? Und immer schön lächeln!"

Beide machten sich auf den Weg zum Schloss, das nicht weit entfernt lag. Dann liefen sie um das Gebäude herum in den Schlossgarten. Sie durchquerten ihn, bis sie schließlich zu einer Unterführung kamen, die sie durchliefen. Auf der gegenüberliegenden Seite bogen sie in eine Allee ein, in der um diese Zeit wenige bis keine Menschen waren. Die Allee war umrandet von Bäumen und Büschen. Links befand sich ein Fabrikgebäude. Er befahl, dass Lena den Weg verlassen sollte. Er blickte sich um. Es war kein Mensch zu sehen. Sie sollte sich an den Zaun vor die Fabrik stellen.

„Du kamst dir wohl sehr klug vor!", höhnte er. „Wolltest mich überführen! Neugierige Göre! Wärst wohl besser in deiner Praxis geblieben und hättest dich nicht eingemischt!"

„Ich bitte Sie, tun Sie mir nichts! Mein Onkel war ein Mörder, es gibt bestimmt mildernde Umstände für Sie, wenn Sie sich stellen. Sie haben ihn bestimmt in Notwehr erschossen!"

„Sei still!", zischte er. „Zu spät! Es tut mir leid für dich. Hätte was aus dir werden können." Er hob die Pistole an Lenas Schläfe, als plötzlich ein Schuss krachte und Herr Lüster ruckartig vor Lena mit einem Schrei zusammenbrach. Kurz danach kamen Hauptkommissar Verholsten und Douglas zusammen angelaufen. Hauptkommissar Verholsten nahm sofort Lüsters Waffe an sich und sicherte den Angeschossenen durch Handschellen.

„Lena", rief Douglas aufgelöst, „bist du in Ordnung?"

Lena ließ sich in seine Arme fallen. Sie fing hysterisch an zu weinen.

„Frau Kraich, ich hatte Ihnen doch gesagt, passen Sie auf sich auf! Es war pures Glück, dass wir Sie retten konnten!"

„Aber wie …?", stammelte Lena.

Douglas berichtete, dass er sofort, als sie gegangen war, Hauptkommissar Verholsten verständigt hatte, aus Angst, sie könne in Schwierigkeiten geraten. „Wir wussten beide nicht, was du vorhattest und wohin du gehen wolltest. Dass es gefährlich sein konnte, erriet ich, weil du zum Abschied `Ich liebe dich´ gesagt hattest. So hast du dich noch nie verhalten. Ich war alarmiert. Ich rief umgehend Hauptkommissar Verholsten an. Der ließ daraufhin dein Handy orten. Es hat nicht lange gedauert, bis er deinen Standort vor dem Café Pavillon ermittelt hatte. Wir beobachteten euch. Anschließend folgten wir euch in angemessenem Abstand. Ihr wart viel zu aufgeregt, um etwas zu bemerken. Ich bin so froh, dass wir dich retten konnten!"

Hauptkommissar Verholsten schaute auf den Verletzten zu ihren Füßen. „Ich möchte jetzt nur wissen, wer das überhaupt ist?"

Lena griff in ihre Handtasche. Sie zog ihr Handy heraus und drückte auf das Display. „Ich habe unser gesamtes Gespräch aufgenommen. Herr Lüster hat meinen Onkel ermordet. Hier bitte, hören Sie es sich an."

Der Hauptkommissar nahm Lenas Handy entgegen. Dann rief er mit seinem Handy bei seinen Kollegen an.

13

Später am Abend saßen Lena, Douglas und Hauptkommissar Verholsten in seinem Büro zusammen. Herr Lüster war nicht lebensgefährlich verletzt worden. Der Hauptkommissar hatte ihm nur in seinen Oberschenkel geschossen. Nachdem sie die Aufnahme auf Lenas Handy abgehört hatten, legte der Hauptkommissar das Handy vor sich auf den Tisch. „Ich habe Sie unterschätzt", gab er zu. Dass sie eigenmächtig ermittelt hatte, darüber wollte er offiziell lieber

Stillschweigen bewahren. Dennoch gebührte ihr seine volle Anerkennung.

Durch das Abhören der Aufnahme ergaben sich eine Reihe von Fragen, die der Hauptkommissar gerne von Lena beantwortet haben wollte. Die vielfältigen Zusammenhänge und der gesamte Lösungsansatz waren ihm noch nicht ganz klar.

„Wie sind Sie auf ihn als Täter gekommen?", fragte er.

„Nun, ich habe in der letzten Woche eine Menge an Hinweisen gesehen und gehört", begann Lena, „von den unterschiedlichsten Menschen. Aber erst heute Morgen konnte ich sie deuten und verstehen. Es war der Brief meiner Realschule, der mich letztendlich darauf gebracht hatte."

Der Hauptkommissar runzelte die Stirn.

„Ich beginne vielleicht, zum besseren Verständnis, ganz von vorne. Es fing alles mit dem Fund des Geldes an", erinnerte sich Lena. „Die enorme Summe von knapp 800 000 Euro musste irgendwo herstammen. Aber meine Tante Sabine konnte sich nicht erklären, woher. Sie wusste nicht, wie Frank an das Geld gekommen war. Dabei war es ungewöhnlich, dass Onkel Frank das Geld nicht auf seinem Konto eingezahlt, sondern bar in seinem Schrank aufbewahrt hatte. Die einzige plausible

Erklärung war, dass er es nicht konnte, weil er es nicht rechtmäßig erworben hatte.

Später bekam ich von meinen Kolleginnen Frau Monika Hölscht und Frau Lydia Ammers drei Geschichten von ehemaligen Patienten erzählt, die alle unter besonderen Umständen gestorben waren. Ich dachte, vielleicht war einer der schweren Behandlungsfehler meines Onkels das Motiv, warum er getötet wurde? Ich versuchte diese Spur aufzunehmen und so nahm ich Kontakt zu den Hinterbliebenen der drei toten Patienten auf."

„Pascal Hohrmeister war einer von ihnen, richtig?", fragte der Hauptkommissar nach.

„Genau. Ich redete mit allen und hörte mir ihre Geschichten an. Einer der drei war Herr Lüster. Diesen konnte ich persönlich besuchen, da er kurz davor in der Praxis war und mir seine Laborergebnisse schriftlich vorlagen. Ich brachte sie ihm persönlich vorbei. So kam ich mit ihm ins Gespräch. In seiner Wohnung entdeckte ich einen Brief, den ich nur bruchstückhaft lesen konnte. Er stammte aus dem Jahr 2014 und war an Herrn Lüster adressiert, der beglückwünscht wurde für … einen Gewinn, so wie ich mir zusammenreimte. Ich dachte, vielleicht gab es da einen Zusammenhang? Vielleicht war Onkel Franks Geld in Wahrheit der gestohlene Lottogewinn von Herrn Lüster? Ich googelte erst heute Vormittag die Lottoergebnisse aus dem Jahr 2014, und entdeckte, dass tatsächlich ein Spieler im Landkreis Karlsruhe im Frühjahr des besagten Jahres eine knappe Million Euro gewonnen hatte. Herr Lüster Junior lebte aber in sehr bescheidenen Verhältnissen, sodass er als Gewinner nicht in Frage kam.

Nun komme ich zum Brief meiner Realschule, den ich vorhin erwähnte: Dadurch ihn erkannte ich, dass in dem Schreiben der Lottogesellschaft nicht der Sohn, sondern der Vater mit der Anrede `Herr Lüster´ gemeint war. Er hatte gewonnen. Aber er wollte nicht, dass sein Sohn davon erfuhr. Also ließ er sich das Geld bar auszahlen und versteckte es in seinem Haus. Vielleicht nahm er ab und an etwas heraus und gönnte sich und seiner Frau etwas Luxus. Onkel Frank musste jedenfalls davon erfahren haben und irgendwie an das Geld herangekommen sein, dachte ich. Doch wie?

Kurz nach dem Mord entdeckte ich bei meinem Onkel im Medizinschrank ein gefährliches Medikament. Später wusste ich, warum er es besaß. Er verursachte bei Herrn Lüster Senior mit Hilfe des Medikaments ein Herzkammerflimmern mit Todesfolge. Dann, als seine Frau den Notarzt rufen sollte und er mit dem Sterbenden alleine war, nahm er sich das Geld und steckte es in seine Arzttasche.

Mein Onkel war also ein Mörder, der sich zudem unrechtmäßig bereichert hatte. Er nahm sich das Geld, um sich und seiner Familie ein luxuriöses Leben leisten zu können. Vielleicht wollte er mit dem Geld auch seine Geliebte beeindrucken, das weiß ich nicht. Wahrscheinlich floss auch Geld in die Praxis, die er ja vor einigen Jahren übernahm und modernisierte.

Herr Lüster erfuhr nach dem Tod seiner Mutter von dem Geld. Er stellte, wie auf der Aufnahme zu hören ist, eine Verbindung zu meinem Onkel her. Er wollte sich das Geld zurückholen und den Mord an seinem Vater rächen. So musste es Herr Lüster sein", beendete Lena ihre Ausführungen.

Douglas war beeindruckt von Lenas Vortrag. Sie sprach wie eine professionelle Ermittlerin. Der Hauptkommissar verwies auf die anderen Beteiligten. Die Ehefrau und der Sohn hatten sich seiner Meinung nach auffällig verhalten.

„Nun", überlegte Lena, „Samuel hatte wahrscheinlich abends den Streit über die Scheidung mit angehört. Vielleicht kehrte er am Sonntag mit dem Plan nach Bruchsal zurück, um seinen Vater überreden zu wollen, sich nicht scheiden zu lassen. Er hing sehr an seinem Vater. Es war bestimmt ein Schock gewesen, als er ihn tot auf dem Boden liegen sah. Er rannte aus dem Haus und flüchtete umgehend nach Heidelberg. Ach übrigens, wissen Sie schon, wer der Erpresser war?", fragte Lena.

„Es war der Nachbar", sagte Hauptkommissar Verholsten. „Er rief bei uns mit unterdrückter Nummer an, um Samuel zu belasten. Natürlich konnten wir den Anruf trotzdem zurückverfolgen. Er sagte, er hatte den Schuss zunächst für einen Silvesterkracher gehalten. Dann schaute er aus dem Fenster und sah, wie der Sohn aus dem Haus gerannt kam. Als es später hieß, es sei ein Mord geschehen, witterte er seine Chance, ohne viel Anstrengung an viel Geld zu kommen. Wir haben ihn verhaftet."

„Arme Sabine", sagte Lena traurig. „Sie dachte wirklich, dass Samuel seinen Vater erschossen hatte. Sie gab sich die Schuld dafür. Auf keinen Fall durfte Samuel, der sein Leben noch vor sich hat, dafür bestraft werden. Sie nahm die Schuld auf sich und gestand den Mord. Ich hoffe, sie wird nicht wegen Falschaussage angeklagt werden!"

„Wir werden sehen." Hauptkommissar Verholsten seufzte. „Und was ist mit Ihrem Stiefvater, diesem Magnus?"

„Er hatte mit all dem nichts zu tun. Ich denke, dass er an dem besagten Tag im Schlafzimmer vielleicht etwas Geld gesucht hatte, um sich betrinken zu können. Am Abend jedenfalls kam er volltrunken zurück. Er ist gewalttätig, ja, und er hat ein Alkoholproblem, aber ein Mörder ist er nicht."

Hauptkommissar Verholsten nickte. Auf die Frage, wer die heimliche Geliebte war, sagte Lena nichts. Sie wollte ihren Namen nicht verraten, um sie zu schützen. Da sie für den Mordfall keine wichtige Rolle spielte, beließ es der Hauptkommissar dabei.

„Was geschieht nun?", wollte Lena wissen.

„Wir werden Samuel und seine Mutter umgehend aus der Untersuchungshaft entlassen. Ob sich Frau Prothop wegen ihrer Falschaussage verantworten muss, muss noch entschieden werden. Vorerst ist sie ein freier Mensch."

Dann stand er auf. Sie mussten nun Lenas Aussage protokollieren und Herrn Lüster ins Kreuzverhör nehmen. Da er den Mord bereits Lena gegenüber zugegeben und sie zudem mit seiner Waffe bedroht hatte, durfte es kein größeres Problem sein, ein offizielles Geständnis zu erwirken.

Spät am Abend machten sich Lena und Douglas auf den Heimweg. Sie waren sehr müde und erschöpft. Der Tag hatte seine Spuren hinterlassen. Nun war der Fall gelöst und sie konnten all diese schrecklichen Erlebnisse hinter sich lassen. Es war an der Zeit, nach vorne zu blicken, eine neue Arbeitsstelle zu finden und mit Zuversicht ihre gemeinsame Zukunft zu planen. Er legte seinen Arm um sie. Langsam fuhren sie nach Hause.

Als sie im Bett lagen, schmiegte sie sich an ihn. Er hatte ihr das Leben gerettet, dachte sie. Sie war dankbar und voller Liebe.

Am nächsten Tag wollte Lena ihre letzten persönlichen Dinge aus der Praxis holen. Sie hatte sich zuvor mit Monika und Lydia verabredet. Die beiden warteten schon auf sie, als sie die Praxis betrat. Herzlich begrüßten sie sich. Sie setzten sich zusammen in den Aufenthaltsraum und tranken noch eine Tasse Kaffee miteinander. Lena erzähle stolz von ihrer erfolgreichen Ermittlung. Voller Bewunderung sagte Lydia: „Du warst sehr mutig. Ich hätte mich das nicht getraut. Ich meine, mit einem Mörder ist nicht zu spaßen!"

„Dass ich in Gefahr sein könnte, daran habe ich gar nicht gedacht."

„Du bist noch jung und leichtsinnig", warf Monika ein. „Entschuldige bitte meine Ausdrucksweise. Da macht man solche unvernünftigen Dinge. Glaube mir, wenn man älter wird, ist man viel vorsichtiger. Aber ich finde es toll, was du getan hast! Und schließlich ist ja alles gut ausgegangen."

„Wirklich?", fragte Lena, denn sie wusste ja, wie sehr sie ihren Onkel bewundert hatte.

„Ja, wirklich. Der Doktor ist tot, aber … wie soll ich das sagen? Meine Sichtweise auf den Doktor hat sich geändert. Er war ein Mörder, wie du gesagt hast und er hatte uns alle geblendet. Er war kein guter Mensch."

Lydia strich Monika über die Hand. Es fiel Monika nicht leicht, das spürte sie. Aber Monika hatte einen starken Sinn für Gerechtigkeit. Und so wie es gekommen war, war es gut und richtig.

„Wirst du zu deinen Kindern ziehen?", wechselte Lena das Thema.

„Nein, ich habe ein Angebot für eine neue Stelle bekommen. Stellt euch das vor! Ich darf weiterhin als Sprechstundenhilfe in einer Praxis arbeiten. Sie haben mich eingestellt, obwohl ich bereits 61 Jahre alt bin. Das ist ganz wunderbar!" Monika strahlte über beide Ohren.

Lydia und Lena gratulierten ihr herzlich. Eine Tür hatte sich geschlossen und eine andere sich geöffnet. Das Leben würde weitergehen, dachte Lena. Auch sie würde ihren Weg machen. Gleich morgen wollte sie sich darum kümmern.

Am Nachmittag waren Lena und Douglas bei Sabine und Samuel eingeladen. Sabine öffnete die Tür und bat die beiden, hereinzukommen. Samuel saß bereits am gedeckten Kaffeetisch. Bevor sie sich setzten, umarmten sich Lena und Sabine schweigend.

„Ich danke dir! Ich danke dir sehr!", flüsterte Sabine. „Wenn du nicht gewesen wärst, dann weiß ich nicht, was mit uns allen geschehen wäre."

Lena lächelte und sagte, dass sie alles darangesetzt hatte, um herauszufinden, was wirklich geschehen war. Dass sie oder Samuel schuld gewesen sein könnten, daran hatte sie keinen Moment geglaubt.

Samuel lächelte daraufhin das erste Mal: „Vielen Dank, Lena. Ich weiß nicht, was ich sagen soll."

Lena winkte ab. „Lasst gut sein, bitte." Dann berichtete sie stolz und ausführlich von ihren Beweggründen und Gedanken und wie sie dem Mörder schlussendlich auf die Spur gekommen war. Dass Frank ebenso ein Mörder war, machte Sabine und Samuel gleichermaßen betroffen.

„Ich habe mich in ihm getäuscht", erkannte Sabine. „Er war im Grunde berechnend und eiskalt. Seinetwegen habe ich nach Samuels Geburt meinen Beruf und meine Selbstständigkeit aufgegeben. Ich war von ihm finanziell und auch seelisch abhängig. Es ist vielleicht gut, wie es gekommen ist. Ich muss nun versuchen, mein Leben neu zu ordnen."

Lena bestärkte sie in diesem Gedanken.

Sabine nahm Samuels Hand: „Ich werde das Haus verkaufen und ganz woanders neu anfangen. Ich werde versuchen, in meinem Beruf noch einmal Fuß zu fassen. Ich denke, das wird mir guttun. Samuel wird die Schule wechseln. Ich denke, dass ein Neuanfang auch ihm guttun wird. Nicht wahr, Samuel?"

Samuel nickte. Er dachte an Vivien und sein Außenseiterdasein als Pickelface. Mit Freude würde er einem Neuanfang entgegenblicken.

Am Abend gingen Lena und Douglas zusammen spazieren. Es war nun an der Zeit, an sich als Paar zu denken, sich miteinander auszutauschen und Pläne zu schmieden. Das, was sie erlebt hatten, hatte sie nicht entfernt voneinander, im Gegenteil, sie spürten eine tiefe Dankbarkeit und eine engere Verbindung als zuvor.

Glücklich schlenderten sie die Straße entlang.

Weitere Bücher von Günther Tabery:

Der Mord an Lili W.

Sowie die Reihe mit Martin Fennberg als Detektiv:

Band 1:   Ave Maria für eine Leiche

Band 2:   Stumme Gier

Band 3:   Doppelte Fährte

Band 4:   Dramatischer Tod

Band 5:   Faules Ei

Band 6:   Tödlicher Irrglaube

Band 7:   Mörderische Drinks